7

Jul.

此生多欢慰

丰子恺 著

中国友谊出版公司

图书在版编目（CIP）数据

此生多欢慰 / 丰子恺著. — 北京 : 中国友谊出版公司，2018.5（2021.10重印）
ISBN 978-7-5057-4359-5

Ⅰ. ①此… Ⅱ. ①丰… Ⅲ. ①散文集－中国－当代②漫画－作品集－中国－现代 Ⅳ. ①I267②J228.2

中国版本图书馆CIP数据核字(2018)第071484号

书名　此生多欢慰
作者　丰子恺
出版　中国友谊出版公司
发行　中国友谊出版公司
经销　新华书店
印刷　雅迪云印（天津）科技有限公司
规格　880×1230毫米　32开
　　　8印张　120千字
版次　2018年5月第1版
印次　2021年10月第2次印刷
书号　ISBN 978-7-5057-4359-5
定价　48.00元
地址　北京市朝阳区西坝河南里17号楼
邮编　100028
电话　（010）64678009

哀鳴
子愷畫

東風浩蕩扶搖直上
子愷

西風梨棗山園兒童偷把長竿莫遣旁人
驚去老夫靜處閒看
子愷

獨樹老夫家
子愷

還有五里路
子愷畫

目 录
contents

第一章　静观人生

第二章　安顿心灵

第三章　人间欢喜

第一章

静观人生

人类本来是艺术的，本来是富于同情的。只因长大起来受了世俗的压迫，把这点心灵阻碍或消磨了。唯有聪明的人，能不屈不挠，外部即使饱受压迫，而内部仍旧保藏着这点可贵的心。这种人就是艺术家。

我的母亲

中国文化馆要我写一篇《我的母亲》，并寄我母亲的照片一张。照片我有一张四寸的肖像，一向挂在我的书桌的对面。已有放大的挂在堂上，这一张小的不妨送人。但是《我的母亲》一文从何处说起呢？看看我母亲的肖像，想起了母亲的坐姿。母亲生前没有摄影取坐像的照片，但这姿态清楚地摄入在我脑海中的底片上，不过没有晒出。现在就用笔墨代替显影液和定影液，把我的母亲的坐像晒出来吧：

我的母亲坐在我家老屋的西北角里的八仙椅子上，眼睛里发出严肃的光辉，口角上表出慈爱的笑容。

老屋的西北角里的八仙椅子，是母亲的老位子。从我小时候直到她逝世前数月，母亲空下来总是坐在这把椅子上，这是很不舒服的一个座位：我家的老屋是一所三开间的楼厅，右边是我的堂兄家，左边一间是我的堂叔家，中央是没有板壁隔开，只拿在左右的两排八仙椅子当作三家人的界限。所以母亲坐的椅子，背后凌空。若是沙发椅子，三面有柔软的厚壁，凌空无妨碍。但我家的八仙椅子是木造的，坐板和靠背成九十度角，靠背只是疏疏的几根木条，其高只及人的肩膀。母亲坐着没处搁头，很不安稳。母亲又防椅子的脚摆在泥土上要霉烂，用二三寸高的木座子垫在椅子脚下，因此这只八仙椅子特别高，母亲坐上去两脚须得挂空，很不便利。所谓西北角，就是左边最里面的一只椅子，这椅子的里面就是通过退堂的门。退堂里就是灶间。母亲坐在椅子上向里面顾，可以看见灶头。风从里面吹出的时候，烟灰和油气都吹在母亲身上，很不卫生。堂前隔着三四尺阔的一条天井便是墙门。墙外面便是我们的染坊店。母亲坐在椅子上向外面望，可以看见杂沓往来的顾客，听到沸反盈天的市井声，很不清静。但我的母亲一生坐在我家老屋西北角里的这样不安稳、不便利、不卫生、不清静的一只八仙椅子上，眼睛发出严肃的光辉，口角上表出慈爱的笑容。母亲为什么老是坐在这样不舒服的椅子上呢？因为这位子在我家中最为重要。母亲坐在这位子上可以顾到灶上，又可以顾到店里。母亲为要兼顾内外，便顾不到座位的安稳不安稳、便利不便利、卫生不卫生和清静不清静了。

我四岁时，父亲中了举人，同年祖母逝世，父亲丁艰（注：遭逢父母丧事）在家，郁郁不乐，以诗酒自娱，不管家事，丁艰终而科举废，父亲就从此隐遁。这期间家事店事，内外都归母亲一个人兼理。我从书堂出来，照例走向坐在西北角里的椅子上的母亲的身边，向她讨点东西吃。母亲口角上表出慈爱的笑容，伸手除下挂在椅子头顶的“饿杀猫篮”，拿起饼饵给我吃；同时眼睛里发出严肃的光辉，给我几句勉励。

我九岁的时候，父亲遗下了母亲和我们姐弟六人、薄田数亩和染坊店一间而逝世。我家内外一切责任全部归母亲负担。此后，她坐在那椅子上的时间愈加多了。工人们常来坐在里面的凳子上，同母亲谈家事；店伙们常来坐在

外面的椅子上，同母亲谈店事；父亲的朋友和亲戚邻人常来坐在对面的椅子上，同母亲交涉或应酬。我从学堂里放假回家，又照例走向西北角椅子边，同母亲讨个铜板。有时，这四班人同时来到，使得母亲招架不住，于是她用眼睛的严肃的光辉来命令、警戒，或交涉；同时又用了口角上的慈爱的笑容来劝勉、抚爱，或应酬。当时的我看惯了这种光景，以为母亲是天生坐在这只椅子上的，而且，天生有四班人向她缠绕不清的。

我十七岁离开母亲到远方求学，临行的时候，母亲眼睛里发出严肃的光辉，告诫我待人接物、求学立身的大道，口角上表出慈爱的笑容，关照我起居饮食一切的细事。她给我准备学费，她给我置备行李，她给我制一罐猪油炒米粉，放在我的网篮里。她给我做一个小线板，上面插两只引线放在我的箱子里，然后送我出门。放假归来的时候，我一进店门，就望见母亲坐在西北角里的八仙椅子上。她欢迎我归家，口角上表出慈爱的笑容，她探问我的学业，眼睛里发出严肃的光辉。晚上她亲自上灶，烧些我所爱吃的菜蔬给我吃，灯下她详询我的学校生活，加以勉励、教训，或责备。

我二十二岁毕业后，赴远方服务，不克依居母亲膝下，唯假期归省。每次归家，依然看见母亲坐在西北角里的椅子上，眼睛里发出严肃的光辉，口角上表出慈爱的笑容。她像贤主一般招待我，又像良师一般教训我。

我三十岁时，弃职归家，读书著述奉母。母亲还是每天坐在西北角里的八仙椅子上，眼睛里发出严肃的光辉，口角上表出慈爱的笑容。只是她的头发已由灰白渐渐转成银白了。

我三十三岁时，母亲逝世。我家老屋西北角里的八仙椅子上，从此不再有我母亲坐着了。然而，每次看见这只椅子的时候，脑海一定浮出母亲的坐像——眼睛里发出严肃的光辉，口角上表出慈爱的笑容。她是我的母亲，同时又是我的父亲。她以一身任严父兼慈母之职而训诲我、抚养我，从我呱呱坠地直到三十三岁，不，直到现在。

陶渊明诗云："昔闻长者言，掩耳每不喜。"我也犯这个毛病。我曾经全部接受了母亲的慈爱，但不会全部接受她的训诲。所以现在我每次在想象中瞻望母亲的坐像，对于她口角上的慈爱的笑容觉得十分感谢，对于她眼睛里的严肃的光辉，觉得十分恐惧。这光辉每次给我以深刻的警惕和有力的勉励。

梦痕

我的左额上有一条同眉毛一般长短的疤，这是我儿时游戏中在门槛上跌破了头颅而结成的。相面先生说这是破相，这是缺陷，但我自己美其名曰“梦痕”，因为这是我的梦一般的儿童时代所遗留下来的唯一的痕迹。由这痕迹可以探寻我的儿童时代的美丽的梦。

我四五岁时，有一天，我家为了“打送”（作者家乡风俗，即亲戚家的孩子第一次上门来做客，辞去时，主人家必做几盘包子送他，名曰“打送”）某家的小客人，母亲、姑母、

花生米不满足
子恺

婶母和诸姊们都在做米粉包子。厅屋的中间放一只大匾，匾的中央放一只大盘，盘内盛着一大堆黏土一般的米粉，和一大碗做馅用的甜甜的豆沙。大家围坐在大匾的四周。各人卷起衣袖，向盘内摘取一块米粉来，捏做一只碗的形状，夹取一筷豆沙来藏在这碗内，然后把碗口收拢来，做成一个圆子。再用手法把圆子捏成三角形，扭出三条绞丝花纹的脊梁来，最后，在脊梁凑合的中心点上打一个红色的“寿”字印子，包子便做成。一圈一圈地陈列在大匾内，样子很是好看。大家一边做，一边兴高采烈地说笑。有时说谁的做得太小，谁的做得太大；有时盛称姑母做得太玲珑，有时笑指母亲做得像个塌饼。笑语之声，充满一堂。这是一年中难得的全家欢笑的日子。而在我，做孩子的，在这种日子更有无上的欢乐。在准备做包子时，我得先吃一碗甜甜的豆沙。做的时候，我只要噪闹一下子，母亲们会另做一只小包子来给我当场就吃。新鲜的米粉和新鲜的豆沙，热热地做出来就吃，味道最好不过的。我往往吃一只不够，再噪闹一下子就得吃第二只。倘然吃第二只还不够，我可嚷着要替她们打寿字印子。这印子是不容易打的：蘸的水太多了，打出来一塌糊涂，看不出寿字；蘸的水太少了，打出来又不清楚；况且，位置要摆得正，歪了就难看；打坏了又不能揩抹涂改。所以我嚷着要打印子，是母亲们最怕的事。她们便会和我商量，把做圆子收口时摘下来的一小粒米粉给我，叫我“自己做来自己吃”。这正是我所盼望的主要目的！开了这个例之后，各人做圆子收口时摘下来的米粉，就都得照例归我所有。再不够时还得要求向大盘中扭一把米粉来，自由捏造各种黏土手工：捏一个人，团拢了，改捏一只狗；再团拢了，再改捏一支水烟管……捏到手上的龌龊都混入其中，而雪白的米粉变成了灰色的时候，我再向她们要一朵豆沙来，裹成各种四不像的东西，吃下肚子里去。这一天因为我噪得特别厉害些，姑母做了两只小巧玲珑的包子给我吃，母亲又摘了一团米粉给我玩。为求自由，我不在那场上吃弄，拿了到店堂里，和五哥哥一同玩弄。五哥哥者，后来我知道是我们店里的学徒，但在当时我只知道他是我儿时的最亲爱的伙伴。他的年纪比我长，智力比我高，胆量比我大，他常做出种种我所意想不到的玩意儿来，使得我惊奇。这一天我把包子和米粉拿出去同他共玩，他就寻出几个印泥菩萨的小型的红泥印子来，教我印米粉菩萨。

后来我们争执起来，他拿了他的米粉菩萨逃，我就拿了我的米粉菩萨追。追到排门旁边，我跌了一跤，额骨磕在排门槛上，磕了眼睛大小的一个洞，便昏迷不醒。等到有知觉的时候，我已被抱在母亲手里，外科郎中蔡德本先生，正在用布条向我的头上重重叠叠地包裹。

自从我跌伤以后，五哥哥每天趁店里空闲的时候到楼上来省问我。来时必然偷偷地从衣袖里摸出些我所爱玩的东西来，例如，关在自来火匣子里的几只叩头虫、洋皮纸人头、老菱壳做成的小脚、顺治铜钿磨成的小刀等送给我玩，直到我额上结成这个疤。

讲起我额上的疤的来由，我的回想中印象最清楚的人物，莫如五哥哥。而五哥哥的种种可惊可喜的行状，与我的儿童时代的欢乐，也便跟了这回想而历历地浮现到眼前来。

他的行为的顽皮，我现在想起了还觉吃惊。但这种行为对于当时的我，有莫大的吸引力，使我时时刻刻追随他，自愿地做他的从者。他用手捉住一条大蜈蚣，摘去了它的有毒的钩爪，藏在衣袖里，走到各处，随时拿出来吓人。我跟了他走，欣赏他的把戏。他有时偷偷地把这条蜈蚣放在别人的瓜皮帽子上，让它沿着那人的额骨爬下去，吓得那人直跳起来。有时怀揣着这条蜈蚣去蹲坑，等候邻席的蹲坑者正在拉屎的时候，把蜈蚣丢在他的裤子上，使得那人扭着裤子乱跳，累了满身的粪。又有时在众人面前他偷把这条蜈蚣放在自己的额上，假装被咬的样子号啕大哭起来，使得满座的人惊慌失措，七手八脚地营救。正在危急存亡的时候，他伸起手来收拾了这条蜈蚣，忽然破涕为笑，一溜烟逃走了。后来，这套戏法渐渐做穿，有的人警告他说，若是再拿出蜈蚣来，要打头颈拳了。于是，他换出别种花头来：他躲在门口，等候警告打头颈拳的人将走出门，突然大叫一声，倒身在门槛边的地上，乱滚乱撞，哭着嚷着，说是践踏了一条臂膀粗的大蛇，但蛇是已经钻进榻底下去了。走出门来的人被他这一吓，实在魂飞魄散；但见他的受难比自己更深，也无可奈何他，只怪自己的运气不好。他看见一群人蹲在岸边钓鱼，便参加进去，和蹲着的人闲谈。同时偷偷地把其中相接近的两人的辫子梢头结住了，自己就走开，躲到远处去作壁上观。被结住的两人中若有一人起身欲去，滑稽剧就演出来给他看了。诸如此类的恶戏，不胜枚举。

现在回想他这种玩耍，实在近于为虐的戏谑。但当时他热心地创作，而热心地欣赏的孩子，也不止我一个。世间的严正的教育者，请稍稍原谅他的顽皮！我们的儿时，在私塾里偷偷地玩了一个折纸手工，是要遭先生用铜笔套管在额骨上猛钉几下，外加在至圣先师孔子之神位面前跪一支香的！

况且，我们的五哥哥也曾用他的智力和技术来发明种种富有趣味的玩意儿，我现在想起了还可以神往。暮春的时候，他领我到田野去偷新蚕豆。把嫩的生吃了，而用老的来做“蚕豆水龙”。其做法，用煤头纸火把老蚕豆荚熏得半熟，剪去其下端，用手一捏，荚里的两粒豆就从下端滑出，再将荚的顶端稍稍剪去一点，使成一个小孔。然后把豆荚放在水里，待它装满了水，以一只手捏住其下端而取出来，再以另一只手用力压榨豆荚，一条细长的水带便从豆荚的顶端的小孔内射出。制法精巧的，射水可达一二丈之远。他又教我“豆梗笛”的做法：摘取豌豆的嫩梗长约寸许，以一端塞入口中轻轻咬嚼，吹时便发嗜嗜之音。再摘取蚕豆梗的下段，长四五寸，用指甲在梗上均匀地开几个洞，做成豆的样子。然后把豌豆梗插入这笛的一端，用两手的指随意启闭各洞而吹奏起

今晚两岁
明朝三岁
子恺画

来，其音宛如无腔之短笛。他又教我用洋蜡烛的油做种种的浇造和塑造，用芋艿或番薯镌刻种种的印版，大类现今的木版画……诸如此类的玩意儿，亦复不胜枚举。

现在我对这些儿时的乐事久已缘远了。但在说起我额上的疤的来由时，还能热烈地回忆神情活跃的五哥哥和这种兴致蓬勃的玩意儿。谁言我左额上的疤痕是缺陷？这是我的儿时欢乐的佐证，是我的黄金时代的遗迹。过去的事，一切都如梦幻一般地消灭，没有痕迹留存了。只有这个疤，好像是“脊杖二十，刺配军州”时打在脸上的金印，永久地明显地记录着过去的事实，一说起就可使我历历地回忆前尘。仿佛我是在儿童世界的本贯地方犯了罪，被刺配到这成人社会的“远恶军州”来的。这无期的流刑虽然使我永无还乡之望，但凭这脸上的金印，还可回溯往昔，追寻故乡的美丽的梦啊！

静观人生

一

我似乎看见，人的心都有包皮。这包皮的质料与重数，依各人而不同。有的人的心似乎是用单层的纱布包的，略略遮蔽一点，然而，真的赤色的心的玲珑的姿态，隐约可见。有的人的心用纸包，骤见虽看不到，细细掴起来也可以摸得出。且有时纸要破，露出绯红的一点来。有的人的心用铁皮包，甚至用到八重九重。那是无论如何摸不出，不会破，而真的心的姿态无论如何不会显露了。

我家的三岁的瞻瞻的心，连一层纱布都不包，我看见常是赤裸裸而鲜红的。

二

人们谈话的时候，往往言来语去，顾虑周至，防卫严密，用意深刻，同下棋一样，我觉得太紧张、太可怕了，只得默默不语。

安得几个朋友，不用下棋法来谈话，而各舒展其心灵相示，像开在太阳光下的花一样。

三

花台里生出三枝扁豆秧来。我把它们移种到一块空地上，并且，用竹竿搭一个棚，以扶植它们。每天清晨为它们整理枝叶，看它们欣欣向荣，自然发生一种兴味。

那蔓好像一个触手，具有惊人的攀缘力。但究竟因为不生眼睛，只管盲目地向上发展，有时会钻进竹竿的裂缝里，回不出来，看了令人发笑。有时一根长条独自脱离了棚，颤袅地向空中伸展，好像一个摸不着壁的盲子，看了又很可怜。这时候便需我去扶助。扶助了一个月之后，满棚枝叶婆娑，棚下已可纳凉闲话了。

有一天清晨，我发现豆棚上忽然有了大批的枯叶和许多软垂的蔓，惊奇得很。仔细检查，原来近地面处一枝总干，被不知什么东西伤害了。未曾全断，但不绝如缕。根上的养分通不上去，凡属这总干的枝叶就全部枯萎，眼见得这一族快灭亡了。

这状态非常凄惨，使我联想起世间种种的不幸。

四

十余年前有一段时期流行用紫色的水写字。买三五个铜板洋青莲，可泡一大瓶紫水，随时注入墨匣，有好久可用。我也用过一会儿，觉得这固然比磨墨简便。但我用了不久就不用了，我嫌它颜色不好，看久了令人厌倦。

后来，大家渐渐不用，不久此风便息。用不厌的，毕竟只有黑和蓝两色。东洋人写字用黑。黑由红、黄、蓝三原色等量混合而成，三原色具足时，使人起安定圆满之感。因为世间一切色彩皆由三原色产生，故黑色中包含着世间一切色彩了。西洋人写字用蓝，蓝色在三原色中为寒色，少

刺激而沉静，最可亲近，故用以写字，使人看了也不会厌倦。

紫色为红、蓝两色合成。三原色既不具足，而性又刺激，宜其不堪常用。但这正是提倡白话文的初期，紫色是一种蓬勃的象征，并非偶然的。

五

有一回我画一个人牵两只羊，画了两根绳子。有一位先生教我："绳子只要画一根，牵了一只羊，后面的都会跟来。"我恍悟自己阅历太少。后来留心观察，看见果然：前头牵了一只羊走，后面数十只羊都会跟去。无论走向屠场，没有一只羊肯离群而另觅生路的。

后来看见鸭也如此。赶鸭的人把数百只鸭放在河里，不须用绳子系住，群鸭自能互相追随，聚在一块。上岸的时候，赶鸭的人只要赶上一二只，其余的都会跟了上岸。即便是在四通八达的港口，也没有一只鸭肯离群众而走自己的路。

牧羊的和赶鸭的就利用它们的模仿性，以完成他们自己的事业。

给我的孩子们

我的孩子们！我憧憬于你们的生活，每天不止一次！我想委婉地说出来，使你们自己晓得。可惜到你们懂得我话的意思的时候，你们将不复是可以使我憧憬的人了。这是何等可悲哀的事啊！

瞻瞻！你尤其可佩服。你是身心全部公开的真人。你什么事都想拼命地用全精力去对付。小小的失意，像花生米翻落地了，自己嚼了舌头了，小猫不肯吃糕了，你都要哭得嘴唇翻白，昏去一两分钟。外婆去普陀山烧香买回来给你的泥人，你何等鞠躬尽瘁地抱它、喂它；有一天，你自己失手把它打破了，你的号哭的悲哀，比大人们的破产、失恋、broken heart（心碎）、如丧考妣、全军覆没的悲哀都要真切。两把芭蕉扇做的脚踏车，麻雀牌堆成的火车、汽车，你何等认真地看待，挺直了嗓子叫“汪——”“咕咕咕——”，来代替汽笛。宝姐姐讲故事给你听，说到“月亮姐姐挂下一只篮来，宝姐姐坐在篮里吊了上去，瞻瞻在下面看”的时候，你何等激昂地同她争，说：“瞻瞻要上去，宝姐姐在下面看！”甚至哭到漫姑面前去求审判。我每次剃了头，你真心地疑我变了和尚，好几时不要我抱。最是今年夏天，你坐在我膝上发现了我腋下的长毛，当作黄鼠狼的时候，你何等伤心，你立刻从我身上爬下去，起初眼瞪瞪地对我端相，继而大失所望地号哭，看看，哭哭，如同对被判定了死罪的亲友一样。你要我抱你到车站里去，多多益善地要买香蕉，满满地擒了两手回来，回到门口时你已经熟睡在我的肩上，手里的香蕉不知落在哪里去了。这是何等可佩服的直率、自然与热情！大人间的所谓“沉默”“含蓄”“深刻”的美德，比起你来，全是不自然的、病的、伪的！

樓上燕輕羅扇
好風又落桃花片
子愷

你们每天坐火车、坐汽车、办酒、请菩萨、堆六面画、唱歌，全是自动的，创造创作的生活。大人们的呼号“归自然！”“生活的艺术化”“劳动的艺术化！”在你们面前真是出丑得很了！依样画几笔画，写几篇文的人称为艺术家、创作家，对你们更要愧死！

你们的创作力，比大人真是强盛得多哩：瞻瞻！你的身体不及椅子的一半，却常常要搬动它，与它一同翻倒在地上；你又要把一杯茶横转来藏在抽斗里，要皮球停在壁上，要拉住火车的尾巴，要月亮出来，要天停止下雨。在这等小小的事件中，明明表示着你们的弱小的体力与智力不足以应付强盛的创作欲、表现欲的驱使，因而遭逢失败。然而，你们是不受大自然的支配，不受人类社会的束缚的创造者，所以你的遭逢失败，例如，火车尾巴拉不住，月亮呼不出来的时候，你们绝不承认是事实的不可能，总以为是爹爹妈妈不肯帮你们办到，同不许你们弄自鸣钟同例，所以愤愤地哭了，你们的世界何等广大！

你们一定想：终天无聊地伏在案上弄笔的爸爸，终天闷闷地坐在窗下引线的妈妈，是何等无气性的奇怪的动物！你们所视为奇怪动物的我与你们的母亲，有时确实难为了你们，摧残了你们，回想起来，真是不安心得很！

阿宝！有一晚你拿软软的新鞋子，和自己脚上脱下来的鞋子，给凳子的脚穿了，划袜立在地上，得意地叫"阿宝两只脚，凳子四只脚"的时候，你母亲喊着"龌龊了袜子！"立刻擒你到藤榻上，动手毁坏你的创作。当你蹲在榻上注视你母亲动手毁坏的时候，你的小心里一定感到"母亲这种人，何等煞风景而野蛮"吧！

瞻瞻！有一天开明书店送了几册新出版的毛边的《音乐入门》来。我用小刀把书页一张一张地裁开来，你侧着头，站在桌边默默地看。后来我从学校回来，你已经在我的书架上拿了一本连史纸印的中国装的《楚辞》，把它裁破了十几页，得意地对我说："爸爸！瞻瞻也会裁了！"瞻瞻！这在你原是何等成功的欢喜、何等得意的作品！却被我一个惊骇的"哼！"字喊得你哭了。那时候，你也一定抱怨"爸爸何等不明"吧！

软软！你常常要弄我的长锋羊毫，我看见了总是无情地夺脱你。现在你一定轻视我，想道："你终于要我画你的画

集的封面！”

最不安心的，是有时我还要拉一个你们所最怕的陆露沙医生来，让他用他的大手来摸你们的肚子，甚至用刀来在你们臂上割几下，还要让妈妈和漫姑擒住了你们的手脚，捏住了你们的鼻子，把很苦的水灌到你们的嘴里去。这在你们一定认为是太无人道的野蛮举动吧！

孩子们！你们果真抱怨我，我倒欢喜；到你们的抱怨变为感谢的时候，我的悲哀来了！

我在世间，永没有逢到像你们样出肝胆相示的人。世间的人群结合，永没有像你们样的彻底的真实而纯洁。最是我到上海去干了无聊的所谓“事”回来，或者去同不相干的人们做了叫作“上课”的一种把戏回来，你们在门口或车站旁等我的时候，我心中何等惭愧又欢喜！惭愧我为什么去做这等无聊的事，欢喜我又可以暂时放下一切地加入你们的真生活的团体。

但是，你们的黄金时代有限，现实终于要暴露的。这是我经验过来的情形，也是大人们谁也经历过的情形。我眼看见儿时的伴侣中的英雄好汉，一个个退缩、顺从、妥协、屈服起来，到像绵羊的地步。我自己也是如此。“后之视今，亦犹今之视昔”，你们不久也要走这条路呢！

我的孩子们！憧憬于你们的生活的我，痴心要为你们永远挽留这黄金时代在这册子里。然这真不过像“蜘蛛网落花”略微保留一点春的痕迹而已。且到你们懂得我这片心情的时候，你们早已不是这样的人，我的画在世间已无可印证了！这是何等可悲哀的事啊！

美与同情

有一个儿童，他一走进我的房间里，便给我整理东西。他看见我的挂表的面合覆在桌子上，给我翻转来。看见我的茶杯放在茶壶的环子后面，给我移到口子前面来。看见我床底下的鞋子一顺一倒，给我掉转来。看见我壁上的立幅的绳子拖出在前面，搬了凳子，给我藏到后面去。我谢他："哥儿，谢谢你这样勤勉地给我收拾！"

他回答我说：

"不是，因为我看了那种样子，心情很不安适。"是的，他曾说，“挂表的面合覆在桌子上，看它何等气闷！”“茶杯躲在它母亲的背后，教它怎样吃奶奶？”“鞋子一顺一倒，教它们怎样谈话？”“立幅的辫子拖在前面，像一个鸦片鬼。”我实在钦佩这哥儿同情心的丰富。从此，我也着实留意于东西的位置，体谅东西的安适了。它们的位置安适，我们看了心情也安适。于是，我恍然悟到，这就是美的心境，就是文学的描写中所常用的手法，就是绘画的构图上所经营的问题。这都是同情心的发展。普通人的同情只能及于同类的人，或至多及于动物，但艺术家的同情非常深广，与天地造化之心同样深广，能普及于有情、非有情的一切物类。

我次日到高中艺术科上课，就对他们做这样的一番讲话：

世间的物有各种方面，各人所见的方面不同。譬如一株树，在博物家、在园丁、在木匠、在画家，所见各人不同。博物家见其性状，园丁见其生息，木匠见其材料，画家见其姿态。

但画家所见的，与前三者又根本不同。前三者都有目的，都想起树的因果关系，画家只是欣赏目前的树本身的姿态，而别无目的。所以画家所见的方面，是形式的方面，不是实用的方面。换言之，是美的世界，不是真善的世界。美的世界中的价值标准，与真善的世界中全然不同，我们仅就事物的形状、色彩、姿态而欣赏，更不顾问其实用方面的价值了。

所以，一枝枯木、一块怪石，在实用上全无价值，而在中国画家眼里是很好的题材。无名的野花，在诗人的眼中异常美丽。故艺术家所见的世界，可说是一视同仁的世界，平等的世界。艺术家的心，对于世间一切事物都给予热诚的同情。

故普通世间的价值与阶级，入了画中便全部撤销了。画家把自己的心移入于儿童的天真的姿态中而描写儿童，又同样地把自己的心移入于乞丐的痛苦的表情中而描写乞丐。画家的心，必常与所描写的对象相共鸣共感、共悲共喜、共泣共笑。倘不具备这种深广的同情心，而徒事手指的刻画，绝不能成为真的画家。即使他能描画，所描的至多仅抵一幅照相。

画家须有这种深广的同情心，故同时又有丰富而充实的精神力不可。倘其伟大不足与英雄相共鸣，便不能描写英雄；倘其柔婉不足与少女相共鸣，便不能描写少女。故大艺术家

滿山紅葉女郎樵
子愷

必是大人格者。

艺术家的同情心，不但及于同类的人物而已，又普遍地及于一切生物、无生物。犬马花草，在美的世界中均是有灵魂而能泣能笑的活物了。诗人常常听见子规的啼血、秋虫的促织，看见桃花的笑东风、蝴蝶的送春归。用实用的头脑看来，这些都是诗人的疯话。其实，我们倘能身入美的世界中，而推广其同情心，及于万物，就能切实地感到这些情景了。画家与诗人是同样的，不过，画家注重其形式姿态的方面而已。没有体得龙马的活力，不能画龙马；没有体现松柏的劲秀，不能画松柏。中国古来的画家都有这样的明训。西洋画何独不然？我们画家描一个花瓶，必其心移入于花瓶中，自己化作花瓶，体得花瓶的力，方能表现花瓶的精神。我们的心要能与朝阳的光芒一同放射，方能描写朝阳；能与海波的曲线一同跳舞，方能描写海波。这正是“物我一体”的境涯，万物皆备于艺术家的心中。

为了要有这点深广的同情心，中国画家作画时先要焚香默坐，涵养精神，然后和墨伸纸，从事表现。其实西洋画家也需要这种修养，不过不曾明言这种形式而已。不但如此，普通的人，对于事物的形色姿态，多少必有一点共鸣共感的天性。房屋的布置装饰，器具的形状色彩，所以要求其美观者，就是为了要适应天性的缘故。眼前所见的都是美的形色，我们的心就与之共感而觉得快适；反之，眼前所见的都是丑恶的形色，我们的心也就与之共感而觉得不快。不过共感的程度有深浅高下不同而已。对于形色的世界全无共感的人，世间恐怕没有；有之，必是天资极陋的人，或理智的奴隶，那些真是所谓“无情”的人了。

在这里，我们不得不赞美儿童了。因为儿童大都是最富于同情的。且其同情不但及于人类，又自然地及于猫犬、花草、鸟蝶、鱼虫、玩具等一切事物，他们认真地对猫犬说话，认真地和花接吻，认真地和人像（doll）玩耍，其心比艺术家的心真切而自然得多！他们往往能注意大人们所不能注意的事，发现大人们所不能发现的点。所以，儿童的本质是艺术的。

换言之，即人类本来是艺术的，本来是富于同情的。只因长大起来受了世俗的压迫，把这点心灵阻碍或消磨了。唯有聪明的人，能不屈不挠，外部即使饱受压迫，而内部仍旧保藏着这点可贵的心。这种人就是艺术家。

西洋艺术论者论艺术的心理，有“感情移入”之说。所谓感情移入，就是说我们对于美的自然或艺术品，能把自己的感情移入于其中，没入于其中，与之共鸣共感，这时候就体验到美的滋味。我们又可知这种自我没入的行为，在儿童的生活中为最多。他们往往把兴趣深深地没入在游戏中，而忘却自身的饥寒与疲劳。《圣经》中说：“你们不像小孩子，便不得进入天国。”小孩子真是人生的黄金时代！我们的黄金时代虽然已经过去，但我们可以因了艺术的修养而重新面见这幸福、仁爱而和平的世界。

糯米粥
子愷畫

随感

一

有一种椅子，使我不易忘记：那坐的地方，雕着一只屁股的模子，中间还有一条凸起，坐时可把屁股精密地装进模子中，好像浇塑石膏模型一般。

大抵中国式的器物，以形式为主，而用身体去迁就形式。做椅子的靠背与坐板成九十度角，衣服的袖子长过手指。西洋式的器物，则以身体的实用为主，形式即由实用产生。故缝西装须量身体，剪刀柄上的两个洞，也完全依照手指的模断面的形状而制造。那种有屁股模子的椅子，显然是西洋风的产物。

但这已走到西洋风的极端，而且过分了。凡物过分必有流弊。像这种椅子，究竟不合实用，又不雅观。我每次看见，常误认它为一种刑具。

二

散步中，在静僻的路旁的杂草间拾得一个很大的钥匙。制造非常精致而坚牢，似以巩固的大洋箱上的原配。不知从何人的手中因何故而落在这杂草中的？我未被“路不拾遗”之化，又不耐坐在路旁等候失主的来寻；但也不愿把这个东西藏进自己的袋里去，就擎在手中走路，好像采得了一朵野花。

我因此想起《水浒传》中五台山上挑酒担者所唱的歌：“九里山前作战场，牧童拾得旧刀枪……”这两句怪有意味。假如我做了那个牧童，拾得旧刀枪时定有无限的感慨：不知那刀枪的柄曾经受过谁人的驱使？那刀枪的尖曾经吃过谁人的血肉？又不知在它们的活动之下，曾经害死了多少人之性命？

也许，我现在就同“牧童拾得旧刀枪”一样。在这个大钥匙塞在大洋箱的键孔中时的活动之下，也曾经害死过不少人的性命，亦未可知。

三

翻开十年前堆塞着的一箱旧物来，一一检视，每一件东西都告诉我一段旧事。我仿佛看了一幕自己为主角的影戏。

结果从这里面取出一把油画用的调色板刀，把其余的照旧封闭了，塞在床底下。但我取出这调色板刀，并非想描油画，是利用它来切芋艿、削萝卜吃。

这原是十余年前我在东京的旧货摊上买来的。它也许曾经跟随著名的画家，指挥高价的油画颜料，制作出帝展一等奖的作品来博得沸腾的荣誉。现在叫它切芋艿、削萝卜，真是委屈了它。但芋艿、萝卜中所含的人生的滋味，也许比油画中更为丰富，让它尝尝吧。

秋飲黄花酒
子愷

四

孩子们对于生活的兴味都浓，这个孩子尤甚。

当他热衷一种游戏的时候，吃饭要叫五六遍才来，吃了两三口就走，游戏中不得已出去小便，常常先放了半场，勒住裤腰，走回来参加一会儿游戏，再去放出后半场。看书发现一个疑问，立刻捧了书来找我，茅坑间里也会找到过来。得了解答，拔脚便走，常常把一只拖鞋遗在我面前的地上而去。直到划袜走了七八步方才觉察，独脚跳回来取鞋。他有几个星期热衷于搭火车，几个星期热衷于下象棋，又有几个星期热衷于查《王云五大词典》，现在正热衷于捉蟋蟀。但凡事兴味一过，便置之不问。无可热衷的时候，整日没精打采，度日如年，口里叫着“饿来！饿来！”其实他并不想吃东西。

五

每逢赎得一剂中国药品来，小孩们必然聚拢来看拆药。每逢打开一小包，他们必然惊奇叫喊。有时一齐叫道：“啊！

一包瓜子！”有时大家笑起来：“哈哈！四只骰子！”有时惊奇得很：“咦！这是洋囡囡的头发呢！”又有时吓了一跳：“哎哟！许多老蝉！”……病人听了这种叫声，可以转颦为笑。自笑为什么生了病要吃瓜子、骰子、洋囡囡的头发，或老蝉呢？看药方也是病中的一种消遣。药方前面的脉理大都乏味，后面的药名却怪有趣。这回我所服的有一种叫作“知母”，有一种叫作“女贞”，名称都很别致。还有“银花”“野蔷薇”，好像新出版的书的名目。

吃外国药没有这种趣味。中国数千年来为世界神秘风雅之国，这特色在一剂药里也很显明地表示着，来华考察的外国人，应该多吃几剂中国药回去。

六

《项脊轩志》里归熙甫描写自己闭户读书之久，说“能以足音辨人”。我近来卧病之久，也能以足音辨人。房门外就是扶梯，人在扶梯走上走下，我不但能辨别各人的足音，又能在一人的足音中辨别其所为何来。“这回是徐妈送药来了？”果然。“这回是五官送报纸来了？”果然。

记得从前寓居在嘉兴时，大门终日关闭，房屋进深，敲门不易听见，故在门上装一铃索。来客拉索，里面的铃响了，人便出来开门。但来客极稀，总是这几个人，我听惯了，也能以铃声辨人。有时一个顽童或闲人经过门口，由于手痒或奇妙的心理，无端把铃索拉几下就逃，开门的人白跑了好几回，但以后不再上当了。因为我能辨别他们的铃声中含有仓皇的音调，便置之不理了。

七

盛夏的某晚，天气大热，而且奇闷。院子里纳凉的人，每人隔开数丈，默默地坐着摇扇。除了扇子的微音和偶发的呻吟声以外，没有别的声响。大家被炎威压迫得动弹不得，而且不知所云了。

这沉闷的静默继续了约半小时之久，墙外的弄里一个嘹亮清脆而有力的叫声，忽然来打破这静默：

“今夜好热！啊——好热！”

院子里的人不期地跟着他叫："好热！"接着便有人起来行动，或者起立，或者欠伸，似乎大家出了一口气。炎威也似乎被这喊声喝退了些。

八

尊客降临，我陪他们吃饭往往失礼。有的尊客吃起饭来慢得很，一粒一粒地数进口去。我则吃两碗饭只消五六分钟，不能奉陪。

我吃饭快速的习惯，是小时在寄宿学校里养成的。那校中功课很忙，饭后的时间要练习弹琴，我每餐连盥洗只限十分钟了事，养成了习惯。现在我早已出学校，可以无须如此了，但这习惯仍是不改。我常自比于牛的反刍：牛在山野中自由觅食，防猛兽迫害，先把草囫囵吞入胃中，回洞后再吐出来细细嚼食，养成了习惯。现在牛已被人关在家喂养，可以无须如此了，但这习惯仍是不改。

据我推想，牛也许是恋慕着野生时代在山中的自由，所以不肯改去它的习惯。

九

新点着一支香烟，吸了三四口，拿到痰盂上去敲烟灰。敲得重了些，雪白而长长的一支大美丽香烟翻落在痰盂中，“吱”的一声叫，溺死在污水里了。

我向痰盂怅望，嗟叹了两声，似有“一失足成千古恨”之感。我觉得这比丢弃两个铜板肉痛得多。因为香烟经过人工的制造，且直接有惠于我的生活。故我对于这东西本身自有感情，与价钱无关。两角钱可买二十包火柴，照理，丢掉两角钱同焚去二十包火柴一样。但丢掉两角钱不足深惜，而焚去二十包火柴人都不忍心做，做了即使别人不说暴殄天物，自己也对不起火柴。

十

一位开羊行的朋友与我谈羊的话。据说他们行里有一只不杀的老羊，因它颇有功劳：他们在乡下收罗了一群羊，要装进船里，运往上海去屠杀的时候，群羊往往不肯走上船去。

他们便牵这老羊出来。老羊向群羊叫了几声，奋勇地走到河岸上，蹲身一跳，首先跳入船中。群羊看见老羊上船了，大家便模仿起来，争先恐后地跳进船里去。等到一群羊全部上船之后，他们便把老羊寄上岸来，仍旧送回棚里。每次装羊，必须要这老羊引导。老羊因有这点功劳，得以保全自己的性命。

我想，这不杀的老羊，原来是该死的“羊奸”。

韶华之贱，无过于今日

1969年4月28日致新枚

你一定天天候好音，等得不耐烦了。所以，我今天把详情告你，以资慰藉。并有好消息，即林××报告中提及："资产阶级学术权威，或一批二看，或一批二用，或一批二养，不作为敌我矛盾，而作为内部矛盾（大意如此，想你已看到了）。"近一二月来，变化甚多，总之是一步一步地使斗批对象与群众接近：起初拆牛棚，与群众住在一起；改请罪为请示；改三鞠躬为一鞠躬；与群众一起学习；

今天又废止劳动（本来每天早上劳动半小时，我是揩玻璃窗），前天起，大家戴像章——总之，是渐渐地使我们与群众相融合。看来是逐步进展，直到解放。前天有工宣队声言，即日要定性定案，但二三天来杳无消息，想来是被“九大”耽搁了。总之，时间不会长了。我身体甚好，每天早上六时四十分出门，二十六路电车常有座位。星期一、三、四、六，五时下班。星期二、五，八时下班。但今天（星期二）忽然六时下班了，可见此例也将改变。贺天健每天来，有时请病假。陈 ×× 捉进派出所了。马公愚病死了，此外无变化。我每天二十六路去，四十二路回家。“走资派”程亚君隔离了一年多，最近放出来了，和我们住在一起。

1969 年 5 月 17 日致新枚

我很健康。生活也习惯了。北面房间，上星期已还给我，现在家里很舒服，我同母睡在北室，前室当作吃饭间，阳台空着。可惜你不来看看。我单位“文革”进行迟缓，别的单位也如此，听说五月内要定性定案，但是否实现，很难说。总之，我现在不希望它早结束，反正总有结束的一天。

林××报告第四部分中指出对于资产阶级反动学术权威一段，你想必看到了。这证明党处理从宽。我放心了。我近来相信一条真理：退一步海阔天空。退一步想，对现在就满足，而心情愉快。例如你，远在石家庄，不得见所亲的人，但退一步想，如果到了更远的地方，还要苦痛，则现住石家庄，可满足了。你不在此，家中全靠阿姐，凡对外对内种种事体，都是阿姐主持。她近日观察，她不会下放插队落户。故可放心。我劝她重温日本文。

我们请罪已改为请示，鞠躬取消，身戴像章，劳动废止，与群众混在一起。只欠缺“解放”二字。由此看来，这不是一刀两断的，而是逐渐逐渐的，近日来，我完全无事，全面交代早已通过。现在天天看别人交代，也快交代完了，故前途看来不很远了。总有一天将好消息报告你。

1969年8月23日致新枚

久未写信给你，有许多话想对你讲，拿起笔来不知从何说起。

首先：政策拖延，上周解放了三人，我不在内。还有二人未解放，不知何日轮到我。反正时间问题，我现在也不盼望了。我把上班当作日常生活，注意健康，耐心等候，我准备等过国庆，等到春节。

秋天到石家庄，已成泡影，明春一定可靠。其间，好毛要来生产，你要来探亲，见面有期了。今天阿姐说，她也许要派外码头工作。我劝她要求派到石家庄，我与母跟她走。倘能如此，我们可以长久团聚了，至于石家庄物质生活条件，我实在看得很轻，不成问题的。只要有酒（威士忌也好），我就满足了。近我酒量甚好，每日啤酒一瓶，黄酒半斤。

唐云撤销隔离已久，我与他很投合，互相勉励，得到安慰。我们近来星期一、二、三到博物馆，四、五、六到药厂或画院劳动。劳动很轻便，而且有兴味，往往三四点钟下班。我闲时用各种方法消遣，有时造“平上去入”四言句（前已告你），有时作“一声诗”，即个个字用平声，或上声，或去声，或入声。古人有“全仄诗”：“月出断岸口，影照别舸背。且独与妇饮，颇胜俗客对。月渐人我席，暝色亦已退。此景最可爱……”以下忘了。我近作了“去声诗”：“种豆又种菜，处处要灌溉……”未完，真乃无聊消遣也。

前日有人评一画，写“停车坐爱枫林晚，霜叶红于二月花”，画一人坐看红叶，是画错了。因为“坐”是“为了”之意，非真坐也。例如“坐罪下狱”，即为了犯罪而下狱也。此“坐”字我过去亦不解，以为真坐也。

1969 年 9 月 7 日致新枚

“八二八命令”后，加紧战备，诸事延搁，我已有思想准备，耐心等候，并不烦恼。听说，“退休”之风盛行。则我问题解决后，即可求退休，大愿遂矣。

你诗兴好，集“一”字起的七十多句，我无暇补集，想来可得一百句。我亦集句如下：新丰老翁八十八，儿童相见不相识，爱闲能有几人来，古来征战几人回，诗家清兴在新春，能以精诚致魂魄，记拔玉钗灯影畔，几人相忆在江楼，千家山郭尽朝晖，首阳山上访夷齐（此十句集句之首字连起来是：新儿爱古诗，能记几千首）。

今日华瞻来，欣赏你的集句，一字开头的，他加了几句。

“三”字开头的：三山半落青天外、三春三月忆三巴、三晋云山皆北向、三月三日天气新、三年谪宦此栖迟、三边曙色动危津、三千宠爱在一身、三月残花落更开、三春白雪归青冢、三分春色二分愁、三杯不记主人谁。“三”字很少。

1969年约10月上半月致新枚

看花携酒去，携来朱门家，动即到君家，几日喜春晴，冷落清秋节，可汗大点兵，莫得同车归，死者长已矣，玄鸟殊安适，客行虽云乐（此十句集句之首句首字与第二句第二字、第三句第三字……连接起来是：看来到春节，可得长安乐）。

你那集句，我看不懂，阿姐研究出了。现我也仿作如上，真乃无聊消遣，但亦雅事。

上周起，不到博物馆，到画院。可以不乘电车，步行十七八分钟。晨七时半至下午五时。无甚事，真乃拖延时日，不知何意。“八二八命令”后，局势加紧，每天要写思想汇报。我货色多，不觉其苦，每天写一张耳。

贺工资已定，是一百七十元，如此看来，我将来不会比他少，但不知何日实现耳。我准备到春节，大约不会再延了。阿姐言，退休者甚多，我就希望退休耳。

1969年12月21日致新枚

我二十日（星期六）上午由乡返市，要在画院上班（博物馆已取消），约两星期，过元旦后再下乡。本定二十日上午在乡开大会，解决八个人的问题，岂知十九日下午上海发生了大事——文化广场失火，别的单位连夜返市，只剩我们一个单位，大会就作罢了。在我看来，我们要在画院的两星期中解决。大都无甚问题，总是要解放的，不过拖延而已。

我身体很好，返家后，又吃补药，母也健康，眼很好，能写信。阿姐元旦前必返家，可与我见面。上次我返家，请假五六天，共住九天，曾到联娘家看好毛及新生儿丰羽。他们都很好。上次已函告你了。

天照顾：下乡后天天晴明，只有一个半天小雨。我在乡，吃早饭很好，粥、腐乳等。但午餐夕餐都不好，都是肉，我全靠自己带酱瓜、腐乳。但每餐二三两饭，并不饿。

唐云对诗词颇有理解，他有一次说“功盖三分国，名成八阵图。江流石不转，遗恨失吞吴”，末句的意思是“诸葛亮应该联吴攻曹操，不应企图吞吴，故吞吴是失策的，是遗恨”。他说老杜诗用字仔细，故对李白粗枝大叶不满，有“重

湖上酒家
子愷
宵夜

与细论文”之句。

我之所大欲，是退休。据说，大家新中国成立之后，才可申请。大约不久了。那时我首先到石家庄。

1970 年 4 月 10 日致新枚

嵌字之诗句，宜少作。我们是游戏，被人误解为“隐语”，何苦。但我还是不能忘情，有时要搜索“一、二、三……十”开头的诗句，甚多。“一枝秾艳露凝香……十三学得琵琶成。”可集几套。你信上“谢”字第三、第七，我与华瞻皆想不出。

1970 年 4 月 20 日致新枚

今日是我回家第六天（四月二日），日见好转。唯体温仍在三十七点二摄氏度左右。

昨上午有两个青年来，态度异常客气（母称他们为“好人”）。他们持画院介绍书，来调查抄家情况。我与母将几次抄家情况如实答复。他们记录了，给我看过，然后叫我签字，然后辞去，连称“打扰”，所以母称他们为“好人”。此事不知说明什么？大约调查抄家物资贪污问题，或者是要发还抄家物资？不得而知了。

昨夜梦“新丰老翁”，他折臂，我伤腿，颇相似。他对我说：“我是‘新丰’，你是‘老丰’，我们大家活过八十八吧。”我卧床看字帖消遣，难得看书。

1970年6月6日致新枚

想到就写些，有便寄给你。

我生病，是因祸得福。天天吃鸡汤牛奶，以及好菜蔬（鸡、鱼、蛋、火腿、干贝）。如果不生病，绝不会吃这些。酒不喝，省的钱正好买菜蔬。

Red Chamber Dream（《红楼梦》），很可解闷。我桌上的PAS及雷米丰，倘能送给黛玉吃了，曹雪芹这部书的结尾就要改换面目。

阿姐等猜量，六月内或七月初，会解放我。我不急，迟早总要定案。上月去看病，挂号的、看病的、透视的，都知道我，和我谈了许多看病以外的话，很好笑的。尤其是那挂号的，知道我很详细，并替我打算今后生活。

我回想过去，颇觉奇怪。二月二日早晨，我的病明明是全身抽筋，是神经痛发作。为什么你和阿姐、好毛会带我去看肺病，而且，果然验出严重的肺病来？秋姐很难得来，当天晚上会来苦劝我住院。凡此种种，好像都有鬼神指使的。可谓奇迹。

赖有上述奇迹，使我摆脱了奔走上班之劳。假定不病，即使解放了，到现在还要奔走（贺天健是其例）。到七月十六止，我已病半年，半年即为“长病假”，永不再上班了。近日，猜想画院的人也下乡“三夏”了，我倘不病，也要参加。

近每日早上五时半起来，大便后即坐在窗口洗面、吃粥、临帖。直到八时，吃了药，睡觉。睡到九时半起来喝牛奶，在床上看书写信，直到正午，在床上吃午饭、睡觉，三时起来，再看书休息，六时吃粥，黄昏闲谈，八时半就寝，旧梦甚多。每天刻板似的，预感七月会好全，腿病亦渐愈，能独自步行，但不能持久，日后一定痊愈。

1970 年 6 月约 16 日致新枚

前日宝姐替我送痰去验，回说“活动性”，即“开放性”，要传染的。于是，家人大家去打预防针。结果小明抵抗力最强，其余都有传染可能，须打针。我本已没有参与人群的资格，如今又属开放性，更是“隔断红尘”了。近日体温照旧在三十七摄氏度左右，不想喝酒。看来还得两三个月方可下床。

听说画院的人都下乡“三夏”了。那八十八岁的朱姓的也去，我很同情他。去冬他被上（因屋漏）落了许多雪，我睡的地方好些，枕边略有些雪。

我足疾好些，大便可以自己去，扶墙摸壁。这是神经痛。二月二日病发时，原是此病，不知你们为何拖我去看肺病，现在回想很奇怪。我不想吃酒，足见体温未复正常。本来可以“掩重门浅醉闲眠”，今只能“冥想闲眠”。冥想常入非非。有时回想过去，有许多事深悔做错了，但无法更正。此亦可以勉励今后，勿再做后悔之事。例如说，当年我花了七八千元（合今三万余）造缘缘堂，实在多事。还有，新中国成立前夕，我顶进闸北汉兴里房子（十三根小金条），不久，以十根小金条顶出，也是多事。但一九五四年顶进这屋（出六千元），并不后悔。现在只差煤气在楼下，不方便，倘能把煤气改装在楼上，十全了。朱幼兰正替我设法。但我也并不十分盼望，因为以后住处未定。要看人事而定。

王介甫势盛时，有人(东坡？)作诗:“乱条犹未变初黄，倚得东风势便狂。解把飞花蒙日月，不知天地有清霜。”讽得甚好。后来王罢相，微行返乡，暮宿一农家，有老妪呼猪：“王安石！王安石！”盖其人家破人亡，皆害在王手里。恨极，以其名呼猪。

母眼还好，能缝纫，杭州寄来丸药，颇有效云。

再过三天，叫阿英妈去取药。再过一个月，七月十六，再去看病，算来已费了国家好几百元的医药费。

在重庆时，马一浮先生送我一诗：“红是樱桃绿是蕉，画中景物未全凋。清和四月巴山路，定有行人忆六桥。”他回杭时住六桥蒋庄，可惜迟死了一二年，被逐出，到城中促居。在“文革”前死了，落得干净。

平生记得，关于吃酒，有两人最有趣：其一，你出世前一二年，抗战初，我家逃难到桐庐乡下，租屋而住，邻人盛宝函老人坐在一圆凳上，见我来了，揭开凳盖，取出热酒（用棉花裹好，常温）及花生，与我对酌。其二，西湖上（你八九岁时）有人钓虾，钓得三四只，拿到岳坟小酒店中，放在烫酒炉中煮熟了，讨些酱油，叫两碗酒，吃得津津有味。

居杭州时（你八九岁）客堂中挂一小联，用东坡句：“酒贱常愁客少，月明都被云妨。”那时每月到楼外楼“家宴”，必请一外客，郑晓沧、苏步青、易昭雪等。楼外楼老板要我写额，我写古人句“湖光都欲上楼来”。此额新中国成立后后仍保存，但把老板之名割去，现在一定废弃了，作者、写者都是放毒呀。

岁晚命运恶，病肺又病足，日夜卧病榻，食面或食粥。切勿诉苦闷，寂寞便是福（全仄）。

1971 年 3 月 2 日致新枚

阿姐言：上次两人来看我，是准备开一批斗会，然后宣布解放。所以，我必须准备到会一次。我记得那天他们问我“能下楼否？”看来就是要我再出席听骂一次，我已有心理准备，只要他们派人来扶。你准备在城中觅屋，甚好。今秋我一定到石家庄，我对上海已发生厌恶感，颇想另营菟裘，也许在石家庄养老。你说有绍兴酒，那更好了。

1971 年 4 月 3 日致新枚

昨天来了个解放军，石门人，名周加骎，同我谈了多时，曾把你的住址抄去，他以后也许会来看你，所以我把本末详告你：

石门有一周紫堂，我年轻时，他在上海银楼工作，我与母常去看他（此时母在上海入学），此周加骎，即周紫堂之子，现在遵义某工厂（此厂造导弹云）当军管组长。两三个月之前，此人从遵义来信，说起他一九五六年曾向我索画，我送他一幅。现在他又向我索新作。我看了此信，想不起他是何人（昨天才明白）。大家笑他冒昧，没分晓，此时还来向我索画。昨天他同我谈，才知道他都分晓，并不冒昧。他说，他室中向来挂我送他的一幅画。“文革”初，人们劝他勿挂，他就收了。去年，人们又说可以挂了，因此他又挂起来，并且向我索新作。我许他稍缓画给他。周加骎的通信地址是“凯山四七八信箱军管组”（保密不写遵义）。此人（他的夫人在长春，也未调拢）常常出差，周游全国。故也许会去看你。

上月来了一个新的工宣队，问问我病，最后对我说：“将来病好到画院来白相相。”前天又来一新工宣队，向我详细查问我家让出房子的经过。不知是何用意。阿姐说，如果将来要还我们，要求把煤气装到楼上来。华瞻说：现在，万事都要“落实”，所以房子也要调查，不知究竟何意。

我正在写《旧闻选译》（古书上所见有意义的故事，用白话译出）。将来再写《往事琐记》（前与你说过，写我幼时事）。两事都很有兴味。陶渊明云：“但愿长如此，躬耕非所叹。”又说“在世无所需，惟酒与长年”。颇有同感。

1971年7月13日致新枚

今日去看病，透视报告，照旧。约定十月十四再去看，给药三个月量。“衰年病肺唯高枕”，大约老人患肺病只要高枕而卧就好了。我自觉除肺外，百体皆健。语云“抱病延年”，因病，多休息，反而可以延年。

宝姐言，虽有“三还”消息，恐实行须拖延至国庆。因有许多头面人物（巴金等）还在斗批。我已等了多年，再等也不在乎。病人本来叫作patient，是最会忍耐的。反正不会拖得很久了。

上次给你信，说及“译大乘”，此信须毁去，勿保留。此信也毁去。

1971 年 7 月 22 日致新枚

……有人劝我，将来可要求将你调上海，因你笔译口译皆能，上海用得着。此言不一定过分，也许能成事实，未可知也。我身体甚好，肺已入吸收好转期，在家日饮啤酒，早上研习哲学（已成五分之一，已给朱幼兰拿去看），真能自得其乐。

前日来的胡问遂是沈尹默的学生。言沈已于上月逝世，八十九岁。可见现在长寿者多。

尼克松访华后，中美关系势必加密，上海英译必多需要。故那人言调你来沪，并非空中画影，有希望也。来信勿言经济事，因信大家要看，我不愿大家知道。

1971 年 10 月 14 日致新枚

昨去看病，照旧。休假九十天之内，一定诸事都解决了。

以后来信，用“语录”二字代“画”字。因此间别人不

雙髻坐吹笙
子愷畫

知我寄你这许多画，我勿愿他们知道。

过去寄你的“语录”，已超过七十余幅，那序文将来要改。因尚有新的“语录”续作。

闻画院中老人大多上半天班，或全不上班。我将来一定不须再去上班。只要去看病，照例给假三个月也。

1972年4月16日致新枚

此次诊治，X光透视，无变化。照旧给三个月药，七月十二再去看。

近日各方面（有三方面）向我报喜讯。大约不久可以打完牛皮官司（然而，日期难说，我也不希望太早）。阿姐已在做各种具体计划：关于还款的，关于房子的……再见你们时，情况恐大变了。

一个插曲：我去看病时，旁边有一病客说：“此人姓名与上海一个大画家完全相同。”宝姐向他笑笑，我也不说。大约我的样子不像，他想这个人总不是大画家。

1972 年 5 月 9 日致新枚

关于我的牛皮官司，各方喜讯都说得很确实，但是直到今天，只闻楼梯响，不见人下来。

此间清和四月，柳絮已尽。窗外一片绿荫。

我很盼望初秋到杭州去一下，到石家庄去一下。余无话。

1972 年 6 月 2 日致新枚

我的官司至今没有打完，无颜写信给你们。而今万事拖延，我也不在乎了。

香港有读者，无端寄我港币一百元，即四十元二角。我分二十元给小羽买东西，另行汇出（你们切不可买东西回敬我，使我反而扫兴）。我盼望官司打完，到杭州去，到石家庄去。现在好像一根无形的绳子缚住我，不得自由走动。虽然我早上的工作很有兴味（译日本古典文学），总是单调。

我近来吃烟大减（日吸六七支），吃酒也换一种方式：同外国人一样，把酒一气吞下，取其醉的效果。因我不爱酒的味道，而喜欢酒的效果（醉）。

1972年8月4日致新枚

我最近早上翻译日本古典物语，很有兴味。因此幽居小楼，不觉沉闷。日饮啤酒二瓶，高级烟十余支，自得其乐。

今天是八月四日，一年前七月三日，画院老孙来，给我一信，内有十几个问题，要我答复。老孙说："简单回答些，问题就解决。"

市革委也有一女人来，口头问我几个问题，特别指出我歌颂新中国的作品。后来阿仙和民望都来报喜，说可靠消息，我是意识形态问题，毫无政治问题，故不久可无事解放。岂知直到今天，还是杳无音信。可见拖延得厉害。我已下定决心，从此不再等候，听便可也。好在我有丰富的精神生活，足以抵抗。病假两年半以来，笔下产生了不少东西，真是因祸得福。

联阿娘说：邵远贞写信与李先念，替你叫屈，说你因我关系，远放在石家庄，应该出来北京、上海当译员。此女如此肯管闲事，倒也想不到。好毛必知其详。

1972年9月9日致新枚

昨来了市革委二人，同我谈了许久，几乎都是闲话，问病，问房子，问钱够用否。我与母都如实答复。最后说："你的问题快解决了。房子、工资等，那时一同解决。"看来，此次是真要解决了。也许深秋我可到石家庄来。我告那人："我要转地疗养，问题不解决，不好出门。"他答："快了，耐心一点。"

近来万事拖拉得厉害，所以，对此事我也半信不信。且看。

1972年11月2日致新枚

久不写信与你们，天寒，我室十一摄氏度，遥念北国，心思黯然。但你等绝不会久居北地，不久可以图南，后事难料。此数年北地生活，亦是人生一段经历，可作他年佳话也。

此间，用不满足的心来说，是岑寂无聊，用满足的心来说，是平安无事。我是知足的，故能自得其乐，翻译日本王朝物语（一千年前的），已有三篇，今正译第四篇，每篇皆有十余万言，"文革"前完成的《源氏物语》（其稿现存北京文学出版社）有九十八万言，乃最长篇。此等译文将来有否出版机会，未可必也。

1972年11月7日致新枚

好多天不写信了，今略有事相告：

（一）阿姐到画院去，问他们，书及画集已出版了（《猎人笔记》在北京再版，《丰子恺画集》在上海发行，每册五元八角，我题签的字帖皆已发卖了），为何不定案。画院工宣队答言：他们亦盼望早解决，因为账早已算好，只等上头指示，立即交还物资。但他们只管“定性”，无权管“定案”。因我是“头面人物”，须中央宣布定案。他们已将“性”报告中央，所以书都出了。但何日宣布，他们也不得知。最后慰我们说“快了快了”。

如此我也安心了。性既定，则大事已定。迟迟宣布定案，且耐性等待，想来不会太长久了。我在此，眠食俱佳，身体很好。来客甚多，多年不通消息者，今皆已来访。

1972年11月8日致新枚

郑晓沧来信，给一吟的，寥寥一行半，只问“令尊安否”。我亲复了。他又来信说，有刘公纯者（马一浮先生的学生），在杭州盛传我已死了。造成这误会。这在我是替灾免晦的，已经假死过，不会真死了。余后述。

1972年12月30日致新枚

今日画院工宣队人来，告知我，我已于上周五解放，作为自由职业者，内部矛盾。

工资照长病假例，打八折，电视机嘱即去领回。房屋亦将全部还我。抄家财物，过年后，可派人去领回云云。

1972年12月30日致软软

告诉满娘，我今日被解放。工资照长病假例打八折。抄家物资、电视等，开年叫一吟去领回。他们派我自由职业者，属于内部矛盾。总算太平无事。

过春节后，我即将到杭州，在你家住多日，六七年来不曾离上海，也觉气闷。今后当走动。新枚在石家庄，近迁居，房屋较大，我也想去。

1973 年 1 月 23 日致新枚

今日阿姐到画院，带了四大箱书画来。从前抄去的，都还来。

存款要等春节后原经手来，如数发还。至于扣发补不补，正在打报告请示。阿姐说："既是内部矛盾，大家都发还的。"他们说："可能发还，但不一定。"如此看来，至少存款是一定发还的。

总之，他们解放我，使我精神愉快，亲朋都为我庆贺，此精神上的收获，已属可贵。"皇恩浩荡"，应该"感激涕零"，少收回些钱，终是小事。

1973 年 4 月 2 日致新枚

我到杭州去了一星期，胡治均陪去，照顾十分周到，竟像照顾小孩一样管我。我的脚力也操练出了。以后到石家庄，不须人陪了。满娘八十三岁，甚健，吃得比我多。看来可以长命百岁。软姐和维贤都竭诚招待，杭州供应极差：馆子无好菜（西湖醋鱼吃不到），交通工具难觅。不可久留。我身体健好，尽日闲居休养。余后述。

1973年4月2日致软软

此次我游杭，非常快活。第一是看见满娘健康，甚为欣慰。今世长寿者多，此间有九十八岁之婆婆自去泡开水者。可知百岁以上不稀奇也。

1974年4月24日致佩红

新枚大约即将回石，此信你看后留给他看，下面说的是上海等处文艺界近况。

北京有个画家，是林派，画一个树林，下面三只老虎，意思是“林彪”。

又有一画家，画一个弹琵琶的女人，题曰“此时无声胜有声”。此人曾入牢狱，此画上一句是“别有幽愁暗恨生”。借此发牢骚也。

有一工厂中，贴一张大字报，说我的“满山红叶女郎樵”是讽刺。红是红中国，樵取红叶，即反对红中国。然而没有反响。见者一笑置之。由此，我提高警惕，以后不再画此画，即使画，要改为“满山黄叶女郎樵”。

北京的名画家李可染、吴作人等，向一个外宾发牢骚，说画题局限太紧，无画可作，此言立刻在外国报上发表。

唐云画一只鸡，也被批评：说眼睛向上，不要看新中国。但也无反响。

此种吹毛求疵的办法，在“文革”初期很新鲜，但现在大家看伤了，都变成笑柄。

1974 年 7 月 11 日致新枚

来信语重心长，我很感动。此次为巩固“文革”成果，上海又开批判会，受批判的四人，我在其内。原因是我自己不好，画了一幅不好的画给人，其人交出去，被画院领导看到了，因此要去受批判。但很照顾，叫车子送我回来（上海现在三轮车绝少，三轮卡也少）。第一次在画院，不过一小时，一些人提出问题，要我回答，我当然都认错，就没事。送我回来，外加叫一个小青年骑脚踏车送来，防恐我走不上楼。第二次在天蟾舞台，那是听报告，不要我回答，不过，报告中提到我的画。这次南颖陪我去，他们叫三轮卡送我回来。事过两月，我的工资照旧一百五十元，“内部矛盾”的身份也不改，你可放心。

自今以后，我一定小心。足不出户，墨也不出户。真不得已，同阿姐等商量过行事。我近日正在翻译夏目漱石的小说，是消闲的，不会出门。每天吃酒一斤半，吸烟一包半。近日已有蟹，吃过几次了。

有一个人从洛阳来，向邮局探得我的地址，来求写字，我写了毛主席诗及另一幅白居易诗给他。

文彦难得来。上周来，带一包田鸡（青蛙）给我，我不吃，让他带回去。

有一个人在杭州放谣言，说我死了，害得许多朋友来信给华瞻、一吟，问我健康否。我亲笔写回信辟谣。我到今年阴历九月二十六，是实足七十七岁。现在百体康强（只是右足行路不便），看来当比章士钊寿长（章九十三岁死在香港）。

海外极少通信，大都不复。香港《大公报》的记者高朗，有时来信，问候而已。

1974年8月24日致新枚

我气喘病，早已好了。有人（石门湾同乡）送我一棵灵芝草，此物难得，乃从深山中采得，据说煎汤服用，可治气喘。

我现已好全，暂时不用。放在抽斗里，香气溢出，闻之气爽。昔人有联云：

芝草无根，醴泉无源，人贵自立。

流水不腐，户枢不蠹，民生在勤。

前信我说“足不出户，墨不出门”。今应改为“画不出门”。因求字者甚多，未便拂其意，写毛主席诗词，万无一失。求画者，婉谢之。

1975 年 4 月 24 日致新枚

我到乡下十天，他们招待周到，我很开心。只是来访的亲友甚多，应酬亦很吃力。送土产的很多，满载而归。胡治均照顾我，非常热心。他也收得许多土产。石门湾新建的石门镇“人民大会堂”，正在工作中，门额是我写的，每个字二米见方。

我写了许多张字去送人，是贺知章诗：

少小离家老大回，乡音无改鬓毛衰。

儿童相见不相识，笑问客从何处来。

我每次入市，看者人山人海，行步都困难。有人说我上海不要住了，正在乡间造屋，养老。如此也好，可惜做不到。

1975年6月11日致软软

知道满娘患病，甚为挂念。我又不能亲来探望，心甚焦急。我想，满娘年纪不算大。生育少的人，元气充足，小病定能复健。今世寿长的人很多。古语云："夜饭少吃口，活到九十九。"满娘定可向他们看齐。你和维贤都请假侍奉，甚好。但望不久收到好消息。

1975年7月29日致新枚

（此信是绝笔，丰子恺因患肺癌，于1975年9月15日在上海华山医院急诊观察室与世长辞。）

与宝姐信我已看过。你送妻子入京，端居多暇，作嵌字诗，亦是一乐。时人对你评判甚好，深为喜慰。不批评别人，亦是厚道存心，无伤也。我一向老健，读书写字消遣，今晨写二纸，附寄予你，赠人可也。此间来客，闲谈笑乐，颇可慰情。母亦健康。姐仍多忙。嫂（志蓉）昨日赴京省亲，须二十余日还来。我日饮黄酒一斤，吸烟一包，可谓诗酒尚堪驱使在，未须料理白头人也。

私塾生活

我的学童时代，就是六十年前的时代。那时候，我国还没有学校，儿童上学进的是私塾。怎么叫作私塾呢？就是一个先生在自己家里开办一个学堂，让亲戚、朋友、邻居家的小孩子来上学。有的只有七八个学生，有的十几个，至多也不过二三十个，不能再多了。因为家里屋子有限，先生只有一人。先生大都是想考官还没有考取的人，或者一辈子考不取的老人。那时候要做官，必须去考。小考一年一次，大考三年一次。考不取的，就在家里开私塾、教学生。学生每逢

提携
子愷畫

过年，送几块银洋给先生，作为学费，称为“修敬”。每逢端午、中秋，也必须送些礼物给先生，例如鱼、肉、粽子、月饼之类。私塾没有星期天，也没有暑假，只有年假，放一个多月。倘先生有事，随时可以放假。

私塾里不讲时间，因为那时绝大多数人家没有自鸣钟。学生早上入学，中午“放饭学”，下午再入学，傍晚“放夜学”，这些时间都没有一定，全看先生的生活情况。先生起得迟的，学生早上不妨迟到。先生有了事情，晚上就早点“放夜学”。学生早上入学，先生大都尚未起身，学生挟了书包走进学堂，先双手捧了书包向堂前的孔夫子牌位拜三拜，然后坐在规定的座位里。倘先生已经起来了，坐在学堂里，那么学生拜过孔夫子之后，须得再向先生拜一拜，然后归座。座位并不是课桌，而是先生家里的普通桌子，或者是自己家里搬来的桌子。座位并不排成一列，零零星星地安排，就同普通人家的房间布置一样。课堂里没有黑板，实际上也用不到黑板。因为先生教书是一个一个教的。先生叫声“张三”，张三便拿了书走到先生的书桌旁边，站着听先生教。教毕，先生再叫“李四”，李四便也拿了书走过去受教……每天每人教多少时光、教多少书，没有一定，全看先生高兴。他高兴时，多教点；不高兴时，少教点。这些先生家里大都是穷的，有的全靠学生年终送的“修敬”过日子。因此，做教书先生，人们称为“坐冷板凳”，意思是说这种职业是很清苦的。因此先生家里柴米成问题的时候，先生就不高兴，教书也很懒。

还有，私塾先生大都是吸鸦片的。小朋友们，你们知道什么叫作鸦片？待我告诉你们。鸦片是一种烟，是躺在床上吸的。吸得久了，天天非吸几次不可，不吸就要打哈欠、流鼻涕、头晕眼花，同生病一样，这叫作“鸦片上瘾”。上了瘾的人很苦：又费钱，又费时间，又伤身体。那么你要问：他们为什么要吸呢？只因那时外国帝国主义欺侮我们中国人，贩进这种毒品来教大家吃，好让中国一天一天弱起来。那时清政府怕外国人，不爱人民，就让大家去吸，便害了许多人，而读书人受害的最多。因为吸了鸦片，精神一时很好，读得进书，但不吸就读不进，因此，不少读书人都上了当。

私塾没有课程表，但大都有个规定：早上“习字”，上午“背旧书”，下午“上新书”，放夜学之前“对课”。

私塾里读的书只有一种，是语文。像现在学校里的算术、图画、音乐、体操……那时一概没有。语文之外，只有两种小课，即“习字”和“对课”。而这两种小课都是和语文有关的，只算是语文中的一部分。而所谓“语文”，也并不是现在那种教科书，是一种古代的文言文章，那书名叫作《大学》《中庸》《论语》《孟子》……这种书都很难读，就是现在的青年人、壮年人，也不容易懂得，何况小朋友。但先生不管小朋友懂不懂，硬要他们读，而且必须读熟、能背。小朋友读的时候很苦，不懂得意思，照先生教的念，好比教不懂外国语的人说外国语。然而那时的小朋友苦得很，非硬记、硬读、硬背不可，因为背不出先生要用“戒尺”打手心，或者打后脑。戒尺就是一尺长的一条方木棍。

上午，先生起来了，捧了水烟管走进学堂里，学生便一齐大声念书，比小菜场里还要嘈杂。因为就要“背旧书”了，大家便临时“抱佛脚”。先生坐下来，叫声“张三”，张三就拿了书走到先生书桌面前，把书放在桌上，背转身子，一摇一摆地背诵昨天、前天和大前天读过的书。倘背错了，或者背不下去了，先生就用戒尺在他后脑上打一下，然后把书丢在地上。这个张三只得摸摸后脑，拾了书，回到座位里去再读，明天再背。于是，先生再叫“李四”……一个一个地来背旧书。背旧书时，多数人挨打，但是也有背不出而不挨打的，那是先生自己的儿子或者亲戚。背好旧书，一个上午差不多了，就放饭学，学生回家吃饭。

下午，先生倘是吸鸦片的，要三点多钟才进学堂来。“上新书”也是一个一个上的。上的办法：先生教你读两遍或三遍，即先生读一句，你顺一句。教过之后，要你自己当场读一遍给先生听。但那些书是很难读的，难字很多，先生完全不讲解意义，只是教你跟了他“唱”，所以唱过二三遍之后，自己也不一定读得出。越是读不出，后脑上挨打越多；后脑上打得越多，越是读不出。先生书桌前的地上，眼泪是经常不干的！因此有的学生上一天晚上请父亲或哥哥等先把明天的新书教会，免得挨打。

新书上完后，将近放学，先生把早上交来的习字簿用红笔加批，发给学生。批有两种：写得好的，圈一圈；写得不好的，直一直；写错的，打个叉。直的叫作“吃烂木头”，叉的叫作“吃洋钢叉”。有的学生，家长发零用钱，以习字簿为标准：一圈一个铜钱；一个烂木头抵消一个铜钱，一个洋钢叉抵消两个铜钱。

发完习字簿，最后一件事是“对课”。先生昨天在你的“课簿”上写两个或三个字，你拿回家去，对他两个或三个字，第二天早上交在先生桌上。此时先生逐一翻开来看，对得好的，圈一圈；对得不好的，他替你改一改。然后再出一个新课，让你拿回去对好了，明天来交卷。怎么叫对课呢？譬如先生出“红花”两字，你对“绿叶”；先生出“春风”，你对“秋雨”；先生出“明月夜”，你对“艳阳天”……对课要讲词性，要讲平仄（为什么叫作词性和平仄，说来话多，我暂时不讲了）。这算是私塾里最有兴味的一课。然而，对得太坏，也不免挨打。对过课之后，先生喊一声：“去！”学生就打好书包，向孔夫子牌位拜三拜，再向先生拜一拜，一缕烟似的跑出学堂去了。这时候学生个个很开心，一路上手挽着手、跳跳蹦蹦、乱叫乱嚷、欢天喜地地回家去，犹如牢狱里释放的犯人一般。

今天讲得太多了。下次有机会再和小朋友谈旧话吧。

嫁给小提琴的少女

我乘船到香港，经过汕头，海关人员来检查。那人员查到我的房间，和我握手，口称“久仰”“难得”。他并不检查，却和我谈诗说画，谈得非常起劲。隔壁房间的客人和茶房们挤进来看，还道是查出了禁品，正在捉人了。海关人员辞去之后，邻室的客人方知道我的姓名，大家耳语，像看新娘一般到门边来偷看我。茶房们亦窃窃私语，可惜讲的闽南话我一句也不懂。

挤进来看的人群中，有一个垂髫女郎，不过十八九岁模样，脸圆圆的，眼睛很大，盯着我炯炯发光。海关人员走后，此人也就不见了。开船，吃夜饭之后，我独坐房舱中（我的房两铺，但客人少，对铺空着，我独占一房）看当日的《星岛日报》。有人叩门。开门一看，正是那个大眼睛女郎。她忸怩地说："我是先生的读者，先生的文集、画集我都读过。景仰多年，今日得在船中见到，真是大幸，所以特来拜访。打扰了！"一口国音，正确清脆，十足表示她是个聪明伶俐的女孩子。我留她坐，问她姓名籍贯，以及往何处去。她告诉我姓 Y，是 W 城人，某专科学校毕业，随她姐姐乘船到香港去谋事，就住在我的隔壁房中。接着她就问我《丰子恺漫画集》中的阿宝、瞻瞻、软软（我的子女，现在都比她大了）的近况，又慰问我在大后方十年避寇的辛苦。足证她的确都读过我的书，知道得很清楚。我发现她在听我答话的时候，常常忽然把大眼睛沉下，双眉颦蹙了，忽然又强颜作笑，和我应酬。我心中猜疑：这个人恐有难言之恸。

忽然，她严肃地站起来，郑重地启请："丰老先生，我有一个大疑问要请教，不知先生肯不肯教我？"说着，两滴眼泪突然从两只大眼睛里滚出，在莲花瓣似的腮上画了两条垂直线，在电灯下闪闪发光。这是丹青所画不出的一个情景，突如其来，使我狼狈周章。我立刻诚恳地回答她：“什么疑问？凡是我所知道的，一定回答你，你说吧。”她说：“先生，世间到底有没有‘纯洁的恋爱’？”我说：“你所谓‘纯洁’，是什么意思？”她断然地说：“永不结婚。”我呆住了，心中十分惊奇。后来我说：“有是有的，不过很少很少。西洋古代曾经有一位大哲学家柏拉图，提倡这种恋爱，Platonic love（柏拉图式的爱），但我没有见到过实例。你为什么问我这个呢？”她凄凉地说：“啊，你没有见到过？那么，世间所谓‘纯洁的恋爱’，都是骗人！都是骗我们女人！啊，我上当了！”她竟在我房中呜咽地哭起来。

我更是狼狈周章了。等她哭过一阵，我正色地说：“你不必伤心，说不定你所遇到的确是柏拉图恋爱主义者。我所见狭小，岂能确定你是受骗呢？你究竟是怎么一回事？不妨对我说，也许我能慰藉你。”因了我的催促和探诱，她断断续续、吞吞吐吐地把她的恋爱故事告诉我。原来是这样的一回事！

她出身于书香人家，她的父亲是当地很有名的文人，她从小爱好文艺，尤其是诗词。她今年十九岁半，性格十分天真，近于儿童。她憧憬于诗词文艺中所描写的人生的“美”与“光明”，而不知道又不相信人生还有“丑”与“黑暗”的一面。她只喜欢唯美的浪漫主义，而不喜欢暴露的写实主义。她注意灵的要求，而看轻肉的要求。我猜想，养成她这种性情的，半由于心理，即文艺诗词的感染，而半由于生理，即根本没有结婚的要求，亦即没有性欲。古人说“食、色，性也”，“没有性欲”这句话似乎不通，除非是残疾的人，况且她的体格很好，年龄也已及笄，我岂可这样武断呢？但我相信“性欲升华”之说，而且，见过许多实例（历史上独身的伟人不少），故我料她的性欲已经升华，因而在世间追求“纯洁的恋爱”。据她说，她和她的姐姐很亲，大家抱独身主义，本来不再需要异性的爱。但因她迷信了“纯洁的恋爱”，觉得除姐姐以外，再有一个异性纯洁的爱人，更可增加她的人生“美”与“光明”。于是，她的恋爱故事发生了。她的一个男同学追求她，起初她拒绝，后来因为合演话剧的关系，渐渐稔熟起来。那男同学就向她献种种殷勤，也非常的真诚。据说，他是住校的，她是通学，每天回家吃午饭的，而他每天到半路上接她两次，送她两次，风雨无阻。她说：“教我怎么不感动呢？”但她很审慎，终未明白表示“爱”他，因此，他失望、绝食、生病了。别的同学来劝说，大家恨她太忍心。她逼不得已，同时真心感动，便到病床前去慰问，并且明白表示了“我爱你”，但附带一个条件：“纯洁的爱，永不结婚。”男的一口答允，病就好了。她说，从此以后，她的确过了两个月的“美”的“光明”的恋爱生活。但是两个月后，男的便隐隐地同她计划结婚了，屡次向她宣传“结婚的神圣”，解说“天下没有不结婚的恋爱”之理，抨击“独身主义”的不人道。她愤愤地对我说：“到此我才知道受骗呀！”她又哭了，我忍不住笑起来。“真是一个傻孩子！”我想，“这天真烂漫而奇特的女孩子，真是难得！”

她个性很强，决心和他分手，但因长时间的旅伴和感情的夹缠，便未突然一刀两断。她就拖延，想用拖延来冲淡两个人的爱情，然后便于分手。她说：“这拖延的几星期，是我最苦痛的时间。”但男的只管紧紧地追求，死不放松，她急傻了。幸而她已毕业，就写了一封绝交信寄他，突然离开 W 城，投奔在远方当教师的姐姐。至今已将一年。幸而那男子没有继续来追她，并且，传闻他已另有爱人。因此，她也放心了。但她还有疑心，常常怀疑：世间究竟有没有“永不结婚的恋爱”？因此不怕唐突，来“请教”萍水相逢的我。她恭维我说：“丰老先生，你是孩子们心灵的理解者、润泽者、爱护者，唯有你能够医好我心头的创伤。”我听了又很周章。我虽然曾经写过许多关于儿童生活的文和书，但不曾研究过柏拉图式的恋爱，对眼前这个痴疑天真的少女的特殊的恋爱问题，实在无法解答。我只劝她：“你爱你的姐姐。你用功研究你的学问，倘是喜欢音乐的话，你最好研究音乐，因为音乐最能医疗心的创伤。”她破涕为笑，说：“我正在学小提琴，已经学到 *Hohman*（《霍曼》）第二册了。”我说：“那是再好不过了！你不必再找理想的爱人，你就嫁给小提琴吧！”她欢喜信受，笑容满面地向我告辞。

二学生

暑假中，有两个我所熟稔的中学生各自来访我。甲学生来访时我问他“几时开学？”他回答说：“再过一个月就要开学了！”乙学生来访时我问他“几时开学”，他回答说：“还要一个月才开学呢！”这两句话表露了这两人的性行的不同。我觉得这二人是青年学生性行的两大类型的代表者，就据我所见闻为他们写照如下：

甲学生今年十七岁，但其沉着苍白的脸色，朴素简陋的服饰，可以使人误猜他是二十岁了。他脸上极难得有笑容。

天寒翠袖薄
日暮倚修竹
子愷

大家齐声笑乐的时候，他偏偏不笑。倘有人把自己以为可笑的话说给他听，说过之后盯住他，看他笑不笑，那时他就更加不肯笑了。反之，在宿舍里，或教室里，别人认真地谈话，或认真地讲解问难的时候，他们的一句一字，有时会使他一个人掩口葫芦，弄得大家不解。实则他所笑的，有时是讲话者的口头禅，是别人所不注意而他所感兴趣的。有时是他自己脑中的回想，不是目前出现的事情，根本不能使别人共感。他在人群中既不笑乐，又沉默不语，好像是聋且哑的。逢到有人问他一句话，他不得不回答时，也仅说寥寥数语，甚或只说“然否”二字，而且这“然否”二字也轻微得不易听到，全靠点头或摇头的动作帮助着使人理解的。因此同学都把他当特殊人看。有的同学向众人揶揄，逢到他就不侵犯；有的同学拉大家出去胡闹，放他一个人独在室中，而大家视为当然，从没有一个人提出“为什么除他以外”的话。同学中有人不得已而要同他讲一句话，就得换一种口气与态度，恭敬地向他启请。但也并非特别敬重他，只是当他特殊人看。好比他们是一群中国人，而他是住在这群中国人中的一个外国人。中国人大家用汉语自由谈天，他一概听不懂，不闻不问。

中国人要对他谈话，须得改用外国语调，简要地问答一下就完了。他呢，就好像一个不谙熟汉语的外国人；逢到别人有问，只能简单地说一句答语；逢到自己万不得已而要问别人一声，那就十分困难。他的从来难得听到的喉音，以及生硬的语调，往往使满座静默，十目注视，仿佛发生了特别事件一般。同时他的脸孔就涨红了，好像做了一件极难为情的事。

他在众人前说话如此困难，但是说也奇怪，他在一二知己或家人前，是一个雄辩家！但这雄辩家的出现，须在星期六晚上人迹不到的校园里，在一二知己朋友的面前，或者校外的僻静处，同一二知己散步的时候。这一二知己，在他真是唯一唯二的朋友，但他们倒并非同他一样性格的人，他们除他以外还有许多朋友，闲常也混在众人队里，只是他们的性格中备有某种要素，因此能获得和他的交际。他们深知道他，在闲常，当众人前，轻轻地、隐隐地同他说话，他也轻轻地、隐隐地回答，就像是在翁姑伯叔面前的新郎新娘。等到背了众人，他就像新娘进了房里一般，有说有笑地和新郎讲起情话来。他有见识，有决断，有主张，而且还能雄辩地批评世间一切的事，以及他的对手的言行。当他伴着一二知己躲在僻静的房间里纵谈的时候，你倘在壁上钻一个洞，偷偷地看他的态度，听他的说话，你一定不要惊诧，误认他是另一个人了。

他嫌恶一切共同生活。共食的时候看他最不自由，往往疗饥似的吃了些饭，第一个离席。开同乐会的时光，可不到的他就不到，必须到会时就难为了他。因为如前所说，他对于别人认为可笑、可乐的事，都不感兴趣，只在别人欢笑的旁边枯坐了几小时，闷闷地退出。他不欢喜穿制服，可不穿时，尽量地不穿，非穿不可的时候，不自然地套在身上，领头折了也不管，纽扣脱了也不管，仿佛故意显出制服的恶点来，为他的不愿穿辩护。总之，他是一个个性很强而落落寡合的孤独者，他把生活力全部发泄在书本里，所以学业成绩多是甲上。他来访我时，总是跟他父亲同来。我从他的父亲和同学处知道他的性行。

乙学生今年十九岁，但其嬉皮笑脸的神气、短小精悍的身材、齐齐整整的衣服，可以使人误猜他只有十五六岁。有时他的崭新的制服的口袋上，装着闪亮的一个笔套夹，脚上穿着一双闪亮的黑皮鞋，头上生着一对闪亮的黑眼睛，独自跑来访我。我骤见他时觉得眼睛发耀，心中暗赞“好一个翩翩少年！”他一见我就带笑带说，笑个不休，说个不休，但说得不教听者讨厌。每逢我想对他说话的时候，他会敏捷地收住自己的话头，和颜悦色地听我说话，中间随时加以爽快的应答。但当我抽烟、喝茶，或说得口乏而想停下来的时候，他的话就巧妙地补衬上来，以防相对沉默的寂寞。我对他提出什么话，没有说完，他的嘴巴已表出说“是呀！”的姿势。有时不禁使我想象：“假如我对他说：‘今天太阳从西方出来的呀！’他也会接上一个‘是的！’来。”然而这也不过极言其说话之和悦。其实，他并非人云亦云，或阿人所好，只为他懂得说话技法，要表示反对的时候，也从赞成入手，旁征博引地说出他反对的意见来，使听者不得不同意他。他到我家一两次，就同我家的孩子们熟稔了，好像旧相识的。连我家的老妈子也同他谈得很投机，每次殷勤地倒茶给他吃。他到我家如此，在学校里的行状便可想见。

我从他的先生及同学处，知道他是全校第一个交际家。他没有一个知己，但没有一个同学不是他的好朋友。同学会里有什么兴行，他是总干事。学生个人间发生了什么问题，他是调解者、慰安者、帮助者。他知道一切同学的性行、习惯、生活，以及在校外的行动，甚至家庭间的状况。他仿佛是一个学校里的侦探。同学之外，教师的家里有几个人，茶房每年可赚多少钱等事，他也都知道。所以他的生活很忙，不大有自修的工夫。

其实，他即使有时间，也不欲埋头“读死书”。他常用巧妙的谦虚的言辞，对众人表明他对于求学的意见，隐隐地指摘“读死书”之无用。他的话是这样：“世间有两种书，一种是纸做的，一种是人做的。像你们，聪明的人，有能力读破万卷纸做的书，可以埋头用功。像我，既无聪明，又不耐劳，埋头纸做的书中，一生也读不好，等于自杀。像我这样又笨又懒的人，进了学校只能读人做的书。先生的教训、同学的交游，以及我所对付的一切人，都是我的书。”这类的话说得对方既欢喜，自己又体面。于是，他就实行他的求学政策。晚上自修的时间，他只在先生来督看的一会儿时间内做些必不可少的自修。例如，要交卷的东西，他只得草草地写起来；要背诵的东西，他只得硬记一下；其他都可在上课时间内临时预备。等到先生走开了，他也就走开，走到谈得上话的同学那里，拉了他出自修室，到阅报室里去谈话。谈话同志越多越好。有时幸而集了一群人，在阅报室里，他插身其间如鱼得水，浑身畅快。他对于阅报室感情特别好，不仅为了每晚可作他的谈话室，正因为室中有的是报纸，满载着他最关心的国家大事、社会新闻。他们可以随手指着报纸上的某一事件，作为谈话的引子：若是外交问题，他的谈论比大使更雄辩；若是内政问题，他的批评可以压倒一切要人；若是民事问题，他的裁判活像一位法官。若没有先生干涉，他们会谈到就寝。有时熄灯后和几个同志偷偷地走出寝室，到先生听不到的地方去做夜谈。

吃饭的时候，他往往是最后出食堂的人。有人以为他是大饭量，其实冤枉，他每餐吃的饭不多，只是吃得十分缓慢。缓慢的用意，就是要等多数人吃毕而去，然后集合几个健饭健谈的同志，添些菜，从容地且谈且吃。然而在学校的食堂里，这事到底行得不痛快，故他最盼望的是假日的撇兰花（在一张纸上画了许多线条，在线脚上注明多少不等的钱数，然后把钱数卷藏了。请各人各选一根线头开线脚来看，各人依注明的数目出钱去买食物共吃，叫作撇兰花）。他们或者拿撇来的钱买了各种糖果在校里吃，或者多撇些，大家上饭馆去，那吃得更畅快，谈得更尽情。

然而我知道，他的欢喜约了人聚吃，并非征逐饮食，目的在于交际。因为他平素不贪吃，不饮酒，且反对饮酒，曾经在演讲比赛会中讲过《饮酒之害》这题目，大意是说：酒能使人脑筋糊涂，非有为青年所宜饮。有害、卫生还在其次。又说：中国之贫弱，非关于人民体格不强，实由于人民脑筋糊涂，只顾自己而不管国事之故。说得满堂师友拍手，拿演讲比赛的锦标送给他。他有这般的交际手腕和这般的荣誉，因此，全校上下对他都有好感。只有他的级任教师微微不满于他，说他的成绩太差了。这也难怪，他事务这般忙，哪有工夫对付学业？能够保住六十分，不留级，已是亏他的了。总之，他在人类社会中是像皮球一般圆滑周转的一个人。除了睡眠以外，他几乎没有片刻的孤独生活。“与众乐乐”“善与人同，舍己从人，乐取于人以为善”，这种古话都可以送给他作为座右铭。他可以访

新枚藏
壬寅中秋
閒院桃花取次開
昨日踏青小約
未應乖
囑付東鄰女伴
少待莫相催
著得鳳頭鞋子即當來
子愷畫

我时必来访我。有时坐片刻就去，如他所说，是“专程来看望我的”。我从他自己及他的父亲、先生和同学处知道他的性行。

现在离开学很近，恐怕这几天甲学生有些怅惘，而乙学生在那儿高兴了。

一饭之恩

去年冬天我与曹聚仁兄在兰溪相会，他请我全家吃饭。席上他忽然问我：“你的孩子中有几人欢喜艺术？”我遗憾地回答说：“一个也没有！”聚仁兄断然地叫道：“很好！”

我当时想不通不欢喜艺术“很好”的道理。今天，三月二十三日，我由长沙到汉口，就有人告诉我：“曹聚仁说你的《护生画集》可以烧毁了！”我吃惊之下，恍然记起了去冬兰溪相会时的谈话，又忽然想通了他所谓不欢喜艺术“很好”的道理，起了下面的感想：

“《护生画集》可以烧毁了！”这就是说现在“不要护生”的意思。换言之，就是说现在提倡“救国杀生”的意思。这思想，我期期以为不然。从皮毛上看，我们现在的确在鼓励“杀敌”。这么惨无人道的狗彘豺狼一般的侵略者，非“杀”不可。我们开出许多军队，带了许多军火，到前线去，为的是要“杀敌”。

但是，这件事不可只看皮毛，需得再深思一下：我们为什么要“杀敌”？因为敌不讲公道，侵略我国，违背人道，荼毒生灵，所以要“杀”。故我们是为公理而抗战，为正义而抗战，为人道而抗战，为和平而抗战。我们是“以杀止杀”，不是鼓励杀生。我们是为护生而抗战。

《护生画集》中所写的，都是爱护生灵的画，浅见的人看了这些画，常有种种可笑的非难。有一种人说：“今恩足于及禽兽，而功不至于百姓者，独何欤？”又有一种人说：“用显微镜看，一滴水里有无数小虫，护生不能彻底。”又有一种人说：“供养苍蝇，让它传染虎列拉（霍乱，cholera 的旧时译名）吗？”他们都是只看皮毛，未加深思，因而拘泥小节，不知大体。《护生画集》的序文中分明说是：“护生”就是“护心”。爱护生灵，劝诫残杀，可以涵养人心的“仁爱”，可以诱致世界的“和平”。故我们所爱护的，其实不是禽兽鱼虫的本身（小节），而是自己的心（大体）。换言之，救护禽兽鱼虫是手段，倡导仁爱和平是目的。再换言之，护生是“事”，护心是“理”。以前在报纸看见一则幽默故事，颇可以拿来说明护生的意旨：有一位乡下老婆进城，看见学校的操场上，有两大群学生正在夺一根绳，汗流满面，声嘶力竭，起而复仆者再，而绳终未夺得。老婆见此，大发慈悲，上前摇手劝阻道：“请你们息争！这种绳子舍间甚多，回头拿两根奉送你们！”盖此老婆只见夺绳的“事”，不解拔河之戏之“理”，故而闹此笑话。护生者倘若执着于禽兽鱼虫，拘泥于放生吃素，而忘却了“护心”“救世”的本旨，其所见即与此乡下老婆相等，也是闹笑话。故佛家戒杀，不为己杀的三净肉可食。儒家重仁，不闻其声亦忍食其肉，故君子远庖厨。吃三净肉和君子远庖厨，都是“掩耳盗铃”。掩耳盗铃就是“仁术”。无端有意踏杀一群蚂蚁，不可！不是爱惜几个蚂蚁，是恐怕残忍成性，将来会用飞机载了重磅炸弹而无端有意去轰炸无辜的平民！岂真爱惜几个蚂蚁哉？所以，护生的掩耳盗铃，是无伤的。我希望读《护生画集》的人，需得体会上述的意旨，勿只看皮毛，拘泥小节。这画集出版已经十年，销行已达二十万册。最近又有人把画题翻译为英文，附加英文说明，在欧美各国推销着。在现今这穷兵黩武、惨无人道的世间，《护生画集》不但不可烧毁，我正希望它多多加印，为世界人类保留一线生机呢！

现在，我们中国正在受暴敌的侵略，好比一个人正在受病菌的侵扰而害着大病。大病中要服剧烈的药，才可制胜病菌，挽回生命。抗战就是一种剧烈的药，然这种药只能暂用，不可常服。等到病菌已杀，病体渐渐复原的时候，必须改吃补品和粥饭，方可完全恢复健康。补品和粥饭是什么呢？就是以和平、幸福、博爱、护生为旨的“艺术”。

我的儿女对于“和平幸福之母”的艺术不甚爱好，少有理解。我正引为憾事，叹为妖孽，聚仁兄反说“很好”，不知其意何居？难道他以为此次抗战，是以力服人，以暴易暴；想步莫索里尼（墨索里尼）、希特勒、日本军阀之后尘，而为扰乱世界和平的魔鬼之一吗？我相信他绝不如此。因为我们抗战的主旨处处说着：为和平而奋斗！为人道而抗战！我们的优待俘虏，就是这主旨的实证。

从前我们研究绘画时，曾把画人分为两种：具有艺术思想，能表现人生观的，称为“画家”，是可敬佩的；没有思想，只有技巧的，称为“画匠”，是鄙贱的。我认为军人也可分为两种：为和平而奋斗，为人道而抗战，以战非战，以杀止杀的，称为“战士”，是我敬佩的；抚剑疾视，好勇斗狠，以力服人，以暴制暴的，称为“战匠”，是应该服刑的。现今世间侵略国的军人，大都是战匠，或被强迫为战匠。世界和平，人类幸福，都被这帮人所破坏，真是该死！所以我们此次为和平而奋斗，为人道而战争，我认为是现世最神圣的事业。这抗战可为世界人类造福，这一怒可安天下之民。

杜甫诗云：“天下尚未宁，健儿胜腐儒。”在目前，健儿的确胜于腐儒，有枪的能上前线去杀敌，穿军装的逃起难来比穿长衫的便宜。但“威天下，不以兵甲之利”，最后的胜利，不是健儿所能独得的！“仁者无敌”，兄请勿疑！

我曾在流难中，受聚仁兄一饭之恩，无以为报，于心终不忘。写这篇日记，聊作答谢云尔。

画友

一对一青年习画者的谈话

要学画，当然要入学校或从先生，好像你的画术全是学校或先生所授予的。但在实际上，我以为不尽然。和你一同学画的朋友，对于你的事业常尽着更切实体贴的辅导之责。先生只指示你学画之道，朋友则和你携着手去走；先生给你的是有形之教，朋友给你的是无形之教。所以你倘把有形的学费送给你的先生，应该把无形的学费送给你的画友。

试想你的习画生活中，画友给你的帮忙一定不少。你家里的人大都不能了解你所保藏的静物写生模型的好处，要讥笑你“年纪这样大了还弄玩具”。但和你一同习画的朋友一定不讥笑你。非但不讥笑你，又能赏识你的收藏，或者帮助你的收藏。譬如你的弟妹们，都欢喜收拾香烟里的画片，那些画中印着的是摩登美女、电影明星，或是《三国志》《水浒》里的人物，画法非常幼稚，你是不要看的。但你无法阻止你的弟妹们的收集，无法劝导他们舍弃这种画片而来喜欢你所喜欢的绘画。你只能对你的画友诉说这种画片的幼稚和弟妹们的美术教养的贫乏。只有你的画友来了，才会陪你到街上的纸马店里去，选购乡人们祀神用的财神马、蚕花马、灶君马等神像来当作木版画欣赏。品评它们的线条，赏鉴它们的图案。乡人们买这种神马是有定时的。年头上财神马上市，春间蚕花五圣马上市，年脚边灶君马上市。在不上市的时间去买这种神马是特殊的，会一齐并买各种的神马的，更是异端。倘没有你的朋友同去选购，你一定被那纸马店里的人视为疯子。有你的朋友同去，共相品评而选择，可以减少你这种行为的奇异性，给你不少的方便。中国旧时的木版画有不少是很可观的，只有你的朋友能帮助你向各处去探寻这种埋

相逢畏相失並着採蓮舟
子愷

没着的木版画。所以，你不可不把无形的学费致送你的朋友。

又如你到室外去觅画，假如独个人去，你将感到孤寂；假如跟了你的非画友同去，你将感到更多的不方便——他会引导你到豪奢的洋楼前、富丽的花园里，盛称这是可以画的景致。又会劝你到名胜古迹的地方，盛称这是值得作画的题材。然而，豪奢的洋楼大都只是豪奢，富丽的花园大都恶俗不堪，而名胜古迹大都只堪回想而不足观赏。你不画，有负盛意，勉强画些，何苦？这时候你一定会热烈地想念起你的画友来，假使有他们同行，根本不会来到这种地方。那路旁的劳劳亭，那市梢的小茶店，那庙前的打铁场，那桥堍下的豆腐浆摊，以及一切无名的美景，早已引起你们的共感，邀得你们的共赏，而满足你们的画欲了。中国的一般人所意识的“画”，好像另有一种定义。说起画，似乎非梅兰竹菊不可，非山水台榭不可，非红袖翠带不可，非名园胜迹不可，非月夜不可，非雪景不可，非瀑布不可，非时装美女不可……前回我从莫干山回来，许多人问我描了多少画。实际，我在莫干山住了三五天，一张画也没有画。我的速写簿天天躲在我的袋里，始终没有见过莫干山上的天日。因为那山上并没有什么可画，远不及山下的乡村市井间的画材的丰富。然而听到我这话的人都表示不信，他们总以为我恐防别人“揩”我的画“油”，所以秘而不宣，真是天晓得。除了天以外，只有我的画友晓得。

又如你要描人物画，请一个非画友的人坐着给你画一下，他便装出不自然的神气来，使得自己的姿态不能入画。他又会想到画的美丑同他的面子有关，于是来干涉你的画法。假如他看见你在描写别人，他便用他的好意关照那个人说：“你不要动！他正要画你！”于是，那个人立刻不自然起来，做作起来，也使得自己的姿态不能入画，而你的画便在他的好意之下宣告失败。假如你描写路上的一个女人，倘使这女人有些漂亮，你的非画友的同伴者便会浅薄地讥讽你，使你蒙不白之冤。要雪这种冤恨，只能去找你的画友，只有你的画友能解除了一切人物的现实的关系，而同你在人物画中研究纯粹的线条、纯粹的形象和纯粹的色彩。画并不全是装饰图案，画中的意义当然是重要的，但在技术的构成期间（制作的时间），却不容你顾到画中人物的现世的关系，务须当作纯粹的形状而对付。此中消息不足为外人道，只有你的画友知道。绘画的人，拿了时代社会所养成的世间观，向世间去选择画材，再拿了脱离时代社会关系的绘画观，向画中去构造形象。这关键也只有画友知道。画友不但能对世间人物做共同的绘画观，自己也能身入画境，被画友观察描写，或竟被自己观察描写。要作良好的肖像画，被写的人一定要理解画道。但世间有许多人，莫说画道，连照相道都不理解，常在照相镜头前装出很滑稽的不入画的姿态来。

然而，画友不一定是要弄丹青的。平生不曾描过一笔画的人中，尽有大画家存在，反之，天天描写的人中，颇不乏绘画的门外汉。你选择画友不可不慎，无友不如己者，同时亦无友胜己者。因为胜己者往往要做你的先生，不肯和你携着手在画道上走。

第二章

安顿心灵

◆◆◆

爱一物，是兼爱它的阴暗两面。否，没有暗的明是不明的，是不可爱的。
且勿论都会的生活与山水间的生活孰优孰劣、孰利孰弊，欲图解脱，唯于艺术中求之。

暂时脱离尘世

夏目漱石的小说《旅宿》(日本名《草枕》)中有一段话:

“苦痛、愤怒、叫嚣、哭泣，是附着在人世间的。我也在三十年间经历过来，此中况味尝得够腻了。腻了还要在戏剧、小说中反复体验同样的刺激，真吃不消。我所喜爱的诗，不是鼓吹世俗人情的东西，是放弃俗念，使心地暂时脱离尘世的诗。”

夏目漱石真是一个最像人的人。今世有许多人外貌是人，而实际很不像人，倒像一架机器。这架机器里装满着苦痛、愤怒、叫嚣、哭泣等力量，随时可以应用，即所谓“冰炭满怀抱”也。他们非但不觉得吃不消，并且认为做人应当如此，不，做机器应当如此。

我觉得这种人非常可怜，因为他们毕竟不是机器，而是人。他们也喜爱放弃俗念，使心地暂时脱离尘世。不然，他们为什么也喜欢休息、喜欢说笑呢？苦痛、愤怒、叫嚣、哭泣，是附着在人世间的，人当然不能避免。但请注意“暂时”这两个字，“暂时脱离尘世”，是舒适的、是安乐的、是营养的。

陶渊明的《桃花源记》，大家知道是虚幻的，是乌托邦，但是大家喜欢读，就为了它能使人暂时脱离尘世。《山海经》是荒唐的，然而颇有人爱读，陶渊明读后还咏了许多诗。

这仿佛白日做梦，也可暂时脱离尘世。

铁工厂的技师放工回家，晚酌一杯，以慰尘劳。举头看见墙上挂着一大幅《冶金图》，此人如果不是机器，一定感到刺目。军人出征回来，看见家中挂着战争的画图，此人如果不是机器，也一定感到厌烦。从前有一科技师向我索画，

指定要画儿童游戏。有一律师向我索画，指定要画西湖风景。此些微小事，也竟有人萦心注目。二十世纪的人爱看表演千百年前故事的古装戏剧，也是这种心理。人生真乃意味深长！

这使我常常怀念夏目漱石。

桂林的山

“桂林山水甲天下”，我没有到桂林时，早已听见这句话。我预先问问到过的人：“究竟有怎样的好？”到过的人回答我，大都说是“奇妙至极，天下少有”。此时正值武汉疏散人口，我从汉口返长沙，准备携眷逃往桂林的时候。抗战节节失利，我们逃难的人席不暇暖，好容易逃到汉口，又要逃到桂林去。对于山水，实在无心欣赏，只是偶然顺便问问而已。然而百忙之中，必有一闲。我在这一闲的时候想象桂林的山水，假定它比杭州还优秀。不然，何以可称为

幾人相憶在江樓
子愷

"甲天下"呢？我们一家十人，加了张梓生先生家四五人，合包一辆大汽车，从长沙出发到桂林，车资是二百七十元。经过了衡阳、零陵、邵阳，入广西境，闻名已久的桂林山水，果然在一九三八年六月二十四日下午展开在我的眼前。初见时，印象很新鲜，那些山都拔地而起，好像西湖的庄子内的石笋，不过形状庞大，这令人想起古画中的远峰，又令人想起"天外三峰削不成"的诗句。至于水，漓江的绿波，比西湖的水更绿，果然可爱。我初到桂林，心满意足，以为流离中能到这样山清水秀的一个地方来托庇，也是不幸中之大幸。开明书店的经理，替我租定了马皇背（街名）的三间平房，又替我买些竹器。竹椅、竹凳、竹床，十人所用，一共花了五十八块桂币，桂币的价值比法币低一半，两块桂币换一块法币，五十八块桂币就是二十九块法币。我们到广西，弄不清楚，曾经几次误将法币当作桂币用。后来留心，买物付钱必打对折。打惯了对折，看见任何数目字都想打对折。我们是六月二十四日到桂林的。后来别人问我哪天到的，我回答"六月二十四日"之后，几乎想补充一句："就是三月十二日呀！"汉口沦陷，广州失守之后，桂林也成了敌人空袭的目标，我们常常逃警报。防空洞是天然的，到处皆有，就在那拔地而起的山的脚下。由于逃警报，我对桂林的山愈加亲近了，桂林的山的性格，我愈加认识清楚了。我渐渐觉得这些不是山，而是大石笋。因为不但拔地而起，与地面成九十度角，而且都是青灰色的童山，毫无一点树木或花草。久而久之，我觉得桂林竟是一片平原，并无有山，只是四围种着许多大石笋，比西湖的庄子里的更大更多而已。我对于这些大石笋，渐渐地看厌了。庭院中布置石笋，数目不多，可以点缀风景；但我们的“桂林”这个大庭院，布置的石笋太多，触目皆是，岂不令人生厌。我有时遥望群峰，想象它们是一只大动物的牙齿，有时望见一带尖峰，又想起小时候在寺庙里的十殿阎王的壁画中所见的尖刀山，假若天空中掉下一个巨人来，掉在这些尖峰上，一定会穿胸破肚，鲜血淋漓，同十殿阎王中所绘的一样。这种想象，使我渐渐厌恶桂林的山。这时听到“桂林山水甲天下”这句盛誉，我的感想与前大异：我觉得桂林的特色是“奇”，却不能称“甲”，因为“甲”有尽善尽美的意思，是总平均分数。桂林的山在天下的风景中，绝不是尽善尽美。其总平均分数绝不是“甲”。世人往往把“美”与“奇”两字混在一起，搅不清楚，其实奇是罕有少见，不一定美。美是具足圆满，不一定奇。三头六臂的人，可谓奇矣，但是谈不到美。天真烂漫的小孩，可为美矣，但是并不稀奇。桂林的山，奇而不美，正同三头六臂的人一样。我是爱画的人，我到桂林，人都说“得其所哉”，意思是桂林山水甲天下，可以入我的画。这使我想起了许多可笑的事：有一次有人告诉我：“你的好‘画材’来了，那边有一个人，身长不满三尺，而须长有三四寸。”我跑去一看，原来是做戏法的人带来的一个侏儒。这男子身体不过同桌子面高，而头部是个老人。对这残废者，我只觉得惊骇、怜悯与同情，哪有心情欣赏他的“奇”，更谈不到美与画了。又有一次到野外写生，遇见一个相识的人，他自言熟悉当地风物，好意引导我去探寻美景，他说：“最美的风景在那边，你跟我来！”我跟了他跋山涉水，走得十分疲劳，好不容易走到了他的目的地。原来有一株老树，不知遭了什么劫，本身横卧在地，而枝叶依旧欣欣向上。我率直地说：“这难看死了！我不要画。”其人大为扫兴，我倒觉得可惜。可惜的是他引导我来此时，一路上有不少平凡而美丽的风景，我不曾写得。而他所谓美，其实是奇。美其所美，非吾所谓美也。这样的事，我所经历的不少，桂林的山，便是其中之一。

篆文的山字，是三个近乎三角形的东西。古人造象形字煞费苦心，以最简单的笔画，表出最重要的特点。像女字、手字、木字、草字、鸟字、马字、山字、水字等，每一个字是一幅速写画。而山因为望去形似平面，故造出的象形字的模样，尤为简明。从这字上，可知模范的山，是近于三角形的，不是石笋形的；可知桂林的山，不是模范的山，只是山之一——奇特的山。古语说："仁者乐山，智者乐水"，则又可知周围山水对于人的性格很有影响。桂林的奇特的山，给广西人一种奇特的性格，勇往直前，百折不挠，而且单刀直入，率直痛快。广西政治办得好，有模范省之称，正是环境的影响；广西产武人，多军人，也是拔地而起的山的影响，但是讲到风景的美，则广西还是不参加为是。

"桂林山水甲天下"，本来没有说"美甲天下"，不过讲到山水，最容易注目其美，因此，使桂林受不了这句盛誉。若改为"桂林山水天下奇"，则庶几近情了。

山水间的生活

我家迁住白马湖上后三天，我在火车中遇见一个朋友，对我这样说：“山水间虽然清静，但除了物质的需求不便之外，住家不免寂寞，办学校不免闭门造车，有利亦有弊。”我当时对于这话就起一种感想，后来忙中就忘却了。

现在春晖在山水间已生活了近一年了，我的家庭在山水间已生活了一月多了。我对于山水间的生活，觉得有意义，又想起了火车中的友人的话，写出我的几种感想在下面。

我曾经住过上海，觉得上海住家，邻人都是不相往来，而且敌视的。我也曾做过上海学校的教师，觉得上海的繁华和文明能使聪明的明白人得到暗示和觉悟，而使悟力薄弱的人受到很恶的影响。我觉得上海虽热闹，但实在寂寞，山中虽冷静，实在热闹，不觉得寂寞。就是上海是骚扰的寂寞，山中是清静的热闹。

在火车里的几小时，是在这社会里四五十年的人生的缩图。座位被占、提包被偷等恐慌，就是生活恐慌的缩形。倘嫌山水间的生活寂寞，而慕都会的热闹，犹之在只乘四五个相熟的人的火车里嫌寂寞，要往别的拥挤着的车子里去。如果有这样的人，他定是要描写拥挤的车子而去观察的小说家，否则是想图利去的 pickpocket（扒手）。

我在教授图画唱歌的时候，觉得以前曾在别处学过图画唱歌的人最难教授，全然没有学过的人容易指导。同样，我觉得在社会里最感到困难的是“因袭的打破难”。许多学校风潮，许多家庭悲剧，许多恶劣的人类分子，都是“因袭的罪恶”，何尝是人间本身的不良。因袭好比遗传，永不断绝。新文化一次输入因袭旧恶的社会里，仿佛注些花露水在粪里，气味更难挡。再输入一次，仿佛在这花露水和粪里再注入些

新阿大
舊阿二
破阿三
補阿四
子愷畫

香油，又变一种臭气。我觉得无论什么改造，非先除去因袭的恶弊终归越弄越坏。在山水间的学校和家庭，不拘何等孤僻，何等少见闻，何等寂寥，“因袭的传染的隔远”和“改造的容易入手”是实实在在的事实。

我从前往往听见人讲到子弟求学或职业等问题，都说：“总要到上海去！”听者带着一种对于将来生活的恐慌的自警的态度默应着。把这等话的心理解剖起来，里面含着这样的几个要素：（一）上海确是文明地，冠盖之区，要路津。（二）少年应当策高足，先据这要路津。（三）这就是吾人应走的前途。所谓闭门造车，也是具有这样的内容的词。怀着这样的思想的人，是因袭的奴隶，是因袭的维持者。

闭门造车，是指不符合门外的轨道的大小，造了不能在门外的轨道上运行的车。行车一定要在已成的轨道上吗？这已成的轨道确实是引导我们走正路的吗？有了车不能造轨道的吗？在这“闭门造车”一词里，分明表示着人们的依赖、因袭，和创造力多么薄弱。

不造则已，如果要造车，一定非闭门造不可。如果依照已成的轨道而造，所造出的车子和以前已有的车子一样，就在已成的轨道上随波逐流地去了。即使已有的车子是好的，已成的轨道是正的，造车的效力也不过加多了车，不是造车的进步。何况已有的车子或者不好，已成的轨道或者不正呢。

“好久不到都会了，好久不看报了，退步了。”这样说的人也有。确实，进步是前进的意思，进步越快，离社会越远，离社会越远，进步越深（这是厨川白村说的）。子路说道：“吾离群而索居，亦已久矣。”这便是子路理解的自己。

“山水间生活，有利亦有弊”，这大概是指清静、空气新鲜、生活程度低……是利。需要不便、寂寞、闭门造车……是弊，这是要计较两方的利弊长短而取舍的意思。这话的内容和“新思想并不恶、时势变更了不得已而然的。但从前的习惯一概不好，也不能说”的话同是乡愿的话。

这话的变形，就是“凡物都有明暗两方面的”。这话固然不错，但我觉得明暗是一体的。非但如此，明是因为有暗而益明的。仿佛绘画，明调子因暗调子而亦美，暗调子因明调子而也美了，断不是明面好，暗面不好。如果取明而弃暗，就是 Ruskin（罗斯金）所谓“自然像日光和阴影相交一般混合着优劣两种要素，使双方相互地供给效用和势力的。所以除去阴影的画家，定要在他自己造出来的无荫的沙漠里烧死！”

爱一物，是兼爱它的阴暗两方面。否，没有暗的明是不明的，是不可爱的。我往往觉得山水间的生活，因为需要不便而菜根更香、豆腐更肥，因为寂寥而邻人更亲。

且勿论都会的生活与山水间的生活孰优孰劣，孰利孰弊，人生随处皆不满，欲图解脱，唯于艺术中求之。

写生世界（上）

尝过了中年的辛味而回想青年时代的生活，真是诗趣丰富啊！我的青年时代回想中，写生的生活特别可憧憬。那时，我能全心投入在写生的世界中。现在虽也有时梦到这世界，但远不像昔日那样深入了。

记得我热衷于写生的青年时代，对于自然界的静物、风景、人物，都做别开生面的看法，我独自优游于这新世界中。

我到水果店里去选购静物写生用的模特儿，卖水果的人代我选出一件来，忠告我："这一种'有吃没看相'，价钱便宜，味道又好。”但我偏要选那带叶的橘子。他告诉我：“那是不熟的，味道不好，价钱倒贵！”我在心中窃笑：你哪能知道我的选择标准呢？我叫工人去买些野菜来写生，他拖了一捆肥胖而外叶枯焦的黄矮菜来。我嫌他买得不好，他反抗：“这种菜再肥嫩没有了。”我叹了一声：“唉！你懂什么！我自己去买吧！”我选了两株苍老而瘦长的白菜来，他笑我：“这种菜最没吃头了！这是没人要买的！”我想为他解说这菜的形状色彩的美，既而作罢。我认为没人知道美，所以没人要买这菜。不管旁人讪笑，我就去为我这美丽的白菜写照了。

我走进瓷器店，在柜角底下发现了一口灰尘堆积的瓦瓶，样子怪入画的，颜色怪调和的，好似得了宝贝，特捧着问价钱，好像防别人抢买去似的。店员告诉我：“勿瞒你说，这瓶是漏的，所以搁着。你要花瓶买这个好。”他在架上拿了一口金边而描着人物细花的瓷瓶递给我，一面伸手来取我手中的漏花瓶。我一瞧那瓷瓶连忙摇头：“我不要那种，漏不要紧的！”满堂的店员都注视我，表示惊怪的样子。我知道他们都把我当疯子看了，但我的确发现这漏瓶的美的价值，有恃

无恐，这班无知商人管他们做什么！我终于买了那漏瓦瓶回家，放在窗下写了一幅；添几个橘子又写了一幅；衬了深红色的背景布，又写了更得意的一幅。

隔壁豆腐店里做喜事，借我们的屋子摆酒筵，茶担上发来的碗筷中，有一种描蓝花的直口的酒碗，牵惹了我的注意。这种碗形状朴素，花纹古雅，好一个静物模特儿。我问茶担上的人这种碗哪里买的，他回答我，这是从前的东西，现在没处买了。我想："对不起，吃过酒让我偷一只吧。"但动了这念头有些儿贼胆心虚，我终于托豆腐店里的人向茶担转卖一只给我。豆腐店里人笑道："这种是江北碗，最粗糙、最便宜的东西！你要，拿几只去，我们算账时多给几个铜子好了。"我的书架上又多了一件宝贝。

我的书架上陈列了许多静物模特儿，有瓶，有甏，有碗，有盆，有盘，有钵，有玩具，有花草，在别人看来大都不值一文，在我看来个个有灵魂似的。我时时拿它们出来经营布置，左眺右望，远观近察。别人笑我，真是"时人不识予心乐"啊！

写生世界（下）

去年冬天我曾在《俱乐部》中描写过我幼时所漫游的写生世界的光景，那时因为自来水笔尖冻冰，只写了静物一段就中止。现在《俱乐部》又催稿了。我凝视着我的笔尖探索去冬的感想，那墨水结成的小冰块隐约在目，举头眺望窗际，不复是雨雪霏霏的冬景，已变成明媚鲜妍的春光了。心头闪过一阵无名的感动，这种感动和艺术的心似有同源共流的关系。我就来继续描写我青年时代的艺术的心吧。

说出来真是不恭之至：我小时在写生世界中，把人不当作人看，而当作静物或景物看。似觉这世间只有我一个是人。除了我一个人之外，眼前森罗万象都是供我研究的写生模型。我把我的先生、我的长辈、我的朋友，看作与花瓶、茶壶、罐头同类的东西。我的师友戚族听到这句话或将骂我无礼，我的读者看到这句话或将讥我傲慢，其实非也，这是我在写生世界里的看法。写生世界犹似梦境，梦中杀人也无罪。况且我曾把书架上的花瓶、茶壶、罐头等静物恭敬地当作人看（见上篇），现在不过是调换一个位置罢了。

我在学校里热心地描写石膏头像的木炭画，半年后归家，看见母亲觉得异样了。母亲对我说话时，我把母亲的脸孔当作石膏头像看，只管在那里研究它的形态及画法。我虽在母亲的怀里长大起来，但到这一天方才知道我的母亲的脸孔原来是这样构成的！她的两眼的上面描着整齐而有力的复线，她的鼻尖向下勾，她的下颚向前突出。我惊讶我母亲的相貌类似德国乐剧家华葛内尔（瓦格纳）的头像（这印象很深，直到现在，我在音乐书里看见华葛内尔的照片便立刻联想到我已故的母亲）！我正在观察的时候，蓦地听见母亲提高了声音诘问："你放在什么地方的？你放在什么地方的？失掉了吗？”

母亲在催我答复，但我没有听到她以前的话，茫然不知所对，支吾地问：“什么东西放在什么地方的？”

母亲惊奇地凝视我，眼光里似乎在说：“你这回读书回家，怎么耳朵聋了？”原来我当作华葛内尔头像而出神地观察她的脸孔的时候，她正在向我叙述前回怎样把零用钱五元和新鞋子一双托便人带给我；那便人又为了什么缘故而缓日动身，以致收到较迟；最后又诘问我换下来的旧鞋子放在什么地方。我对于她的叙述听而不闻，因为我正在出神地观察，心不在焉。

我读 *Figure Drawing*（《人体描法》，这是一册专讲人体各部形状描法的英文书），读到普通人的眼睛都生在头长的二等分处一原则，最初不相信，以为眼总是生在头的上半部的。后来用铅笔向人头实际测量，果然从头顶至眼之长等于从眼至下颚之长，我非常感佩！才知道从前看人头时的错觉所欺骗，眼力全不正确。错觉云者：我一向看人头时，以为眼的上面只有眉一物，而眼的下面有鼻和口二物，眉只是狭窄的两条黑线，不占地位，又没有什么作用。鼻又长又突出，会出鼻涕，又会出烟气。口构造复杂，会吃东西，又会说话，作用更大。这样，眼的上面非常寂寥，而下面非常热闹，便使我错认眼是生在头的上部的。实则眼位于头的正中。发育未完的儿童，甚至位在下部三分之一处。我知道了这原则，欢喜至极！从此时时留意，看见了人头便目测其中的眼的位置，果然百试不爽。有一次我搭了西湖上的小船到岳坟去写生，搭船费每人只要三个铜板。搭客众多，船行迟迟。我看厌了西湖的山水，再把视线收回来看船里的搭客。我看见各种各样的活的石膏模型，摇摇摆摆地陈列在船中。我向对座的几个头像举行目测，忽然发现其中有一个老人相貌异常，眼睛生得很高。据我目测的结果，他的眼睛绝不在于正中，至少眼睛下面的部分是头的全长的五分之三。*Figure Drawing* 中曾举种种不合普通原则的特例，我想我现在又发现了一个。但我仅凭目测，不敢确信这老人是特例。我便错认这船为图画教室，向制服袋里抽出一支铅笔来，用指扣住笔杆，举起手来向那老人的头部实行测量了。船舱狭小，我和老人之间的距离不过三四尺，我对着他擎起铅笔，他以为我是拾得了他所遗落的东西而送还他，脸上

種瓜得瓜
子愷

便表出笑颜而伸手来接，这才使我觉悟我所测量的不是石膏模型。我正在惭悚不知所云的时候，那老人笑着对我说：

“这不是我的东西，嘿嘿！”

我便顺水推舟，收回了持铅笔的手。但觉得不好把铅笔藏进袋里去，又不好索性牺牲一支铅笔而持向搭船的大众招领，因为和我并坐着的人是见我从自己袋里抽出这支铅笔来的。我心中又起一阵惭悚，觉得自己的脸上发热了。

这种惭悚终于并不白费。后来我又在人体画法的书上读到：老人因为头发减薄，下颚筋肉松懈，故眼的位置不在正中而稍偏上部。我便在札记簿上记录了一条颜面画法的完全的原则：“普通中年人的眼位在头的正中，幼儿的眼，位在下部，老人的眼稍偏上部。”

但这种惭悚不能阻止我的非人情的行为。有一次我在一个火车站上等火车，车子总是不来，月台上的长椅子已被人坐满，我倚在柱上闲看景物。对面来了一个卖花生米的江北人，他的脸孔的形态强烈地牵惹了我的注意，那月台立刻变成了我的图画教室。

我只见眼前的雕像脸孔非常狭长，皱纹非常繁多。哪一条线是他的眼睛，竟不大找寻得出。我曾在某书上看到过“舊字面孔”一段话，说有一个人的脸孔像一个“舊”字。这回我所看见的，正是舊字面孔的实例了。我目测这脸孔的长方形的两边的长短的比例，估定它是三与一之比。其次，我想目测他的眼睛的位置，但相隔太远，终于看不出眼睛的所在。远观近察，原是图画教室里通行的事，我不知不觉地向他走近去仔细端详了。并行在这长方形内的无数的皱纹线忽然动起来，变成了以眉头为中心而放射的模样，原来那江北人以为我要买花生米，故笑着擎起篮子在迎接我了。

“买几个钱？”

他的话把我的心从写生世界里拉回到月台上。我并不想吃花生米，但在这情形之下不得不买了。

“买三个铜板！”

我一面伸手探向袋里摸钱，一面在心中窃笑，我已把两句古人的诗不押平仄地改作了：

“时人不识予心乐，将谓要吃花生米。”

旧上海

所谓旧上海，是指抗日战争以前的上海，那时上海除闸北和南市之外，都是租界。洋泾浜（爱多亚路，即今延安路）以北是英租界，以南是法租界，虹口一带是日租界。租界上有好几路电车，都是外国人办的。中国人办的只有南市一路，绕城墙走，叫作华商电车。租界上乘电车，要懂得窍门，否则就被弄得莫名其妙。卖票人要揩油，其方法是这样：譬如你要乘五站路，上车时给卖票人五分钱，他收了钱，暂时不给你票，等到过了两站，才给你一张三分的票，关照你："第三站上车！”初次乘电车的人就莫名其妙，心想：我明明是第一站上车的，你怎么说我第三站上车？原来他已经揩了两分钱的油。如果你向他论理，他就光明正大地说：“大家是中国人，不要让利权外溢呀！”他用此法揩油，眼睛不绝地望着车窗外，看有无查票人上来。因为一经查出，一分钱要罚一百分。他们称查票人为“赤佬”，赤佬也是中国人，但是忠于洋商的。赤佬查出一卖票人揩油，立刻记录了他帽子上的号码，回厂去扣他的工资。有一乡亲初次到上海，有一天我陪她乘电车，买五分钱票子，只给两分钱的。正好一个赤佬上车，问这乡亲哪里上车的，她直说出来，卖票人向她眨眼睛。她又说：“你在眨眼睛！”赤佬听见了，就抄了卖票人帽上的号码。

那时候上海没有三轮车，只有黄包车，黄包车只能坐一人，由车夫拉着步行，和从前的抬轿相似。黄包车有“大英照会”和“小照会”两种。小照会的只能在中国地界行走，不得进租界。大英照会的则可在全上海自由通行。这种工人实在是最苦的，因为路犯交通规则，就要吃路警殴打。英租界的路警都是印度人，红布包头，人都喊他们“红头阿三”。

法租界的都是安南人，头戴笠子。这些都是黄包车夫的对头，常常给黄包车夫吃“外国火腿”和“五支雪茄烟”，就是踢一脚，一个耳光。外国人喝醉了酒开汽车，横冲直撞，不顾一切，最吃苦的是黄包车夫，因为他负担重，不易趋避，往往被汽车撞倒。我曾亲眼看见过外国人汽车撞杀黄包车夫，从此不敢在租界上坐黄包车。

旧上海社会生活之险恶，是到处闻名的。我没有到上海之前就听人说：上海“打哈欠割舌头”。就是说，你张开嘴巴来打个哈欠，舌头就被人割去。这是极言社会上坏人之多，非万分提高警惕不可。我曾经听人说：有一人在马路上走，看见一个三四岁的孩子跌了一跤，没人照管，哇哇地哭。此人良心很好，连忙扶他起来，替他揩眼泪，问他家在哪里，想送他回去。忽然一个女人走来，搂住孩子，在他手上一摸，说：“你的金百锁哪里去了！”就拉住那人，咬定是他偷的，定要他赔偿……是否真有此事，不得而知。总之，人心之险恶可想而知。

扒手是上海的名产。电车中，马路上，到处可以看到“谨防扒手”的标语。住在乡下的人大意惯了，初到上海，往往

被扒。我也有一次几乎被扒：我带了两个孩子，在霞飞路阿尔培路口（今淮海中路陕西南路口）等电车，先向烟纸店兑一块钱，钱包里有一沓钞票露了白。电车到了，我把两个孩子先推上车，自己跟着上去，忽觉一只手伸入了我的衣袋里。我用手臂夹住这只手，那人就被我拖上车子。我连忙向车子里面走，坐了下来，不敢回头去看。电车一到站，此人立刻下车，我偷眼一看，但见其人满脸横肉，迅速地挤入人群，不见了。我这种对付办法，是老上海的人教我的：你碰到扒手，但求避免损失，切不可注意看他。否则，他以为你要捉他，定要请你“吃生活”，即跟住你，把你打一顿，或请你吃一刀。我住在上海多年，只受过这一次虚惊，不曾损失。有一次，和一朋友坐黄包车在南京路上走，忽然弄堂里走出一个人来，把这朋友的铜盆帽抢走。这朋友喊停车捉贼，那贼早已不知去向了。这顶帽子是新买的，值好几块钱呢。又有一次，冬天，一个朋友从乡下出来，寄住在我们学校里。有一天晚上，他看戏回来，身上的皮袍子和丝棉袄都没有了，冻得要死，这叫作“剥猪猡”。那抢帽子叫作“抛顶宫”。

妓女是上海的又一名产。我不曾嫖过妓女，详情全然不知，但听说妓女有“长三”“幺二”“野鸡”等类。长三是高等的，野鸡是下等的，她们都集中在四马路一带。门口挂着玻璃灯，上面写着“林黛玉”“薛宝钗”等字。野鸡则由鸨母伴着，到马路上来拉客。四马路西藏路一带，傍晚时光，野鸡成群而出，站在马路旁边，物色行人。她们拉住了一个客人，拉进门去，定要他住宿；如果客人不肯住，只要摸出一块钱来送她，她就放你，这叫作“两脚进门，一块出袋”。我想见识见识，有一天傍晚约了三四个朋友，成群结队，走到西藏路口，但见那些野鸡，油头粉面，奇装异服，向人撒娇卖俏，竟是一群魑魅魍魉，教人害怕。然而，竟有那些逐臭之夫，愿意被拉进去度夜，这叫作“打野鸡”。有一次，我在四马路上走，耳边听见轻轻的声音：“阿拉姑娘自家身体，自家房子……”回头一看，是一个男子。我快步逃避，他也不追赶。据说这种男子叫作“王八”，是替妓女服务的，但不知是哪一种妓女。总之，四马路是妓女的世界，洁身自好的人，最好不要去，但到四马路青莲阁去吃茶看妓女，倒是安全的。她们都有老鸨伴着，走上楼来，看见有女客陪着吃茶的，白她一眼，表示醋意；看见单身男子坐着吃茶，就去奉陪，同他说长道短，目的是拉生意。

上海的游戏场，又是一种乌烟瘴气的地方。当时上海有四个游戏场，大的两个：大世界、新世界；小的两个：花世界、小世界。大世界最为著名，出两角钱买一张门票，就可从正午玩到夜半。一进门就是“哈哈镜”，许多凹凸不平的镜子，照见人的身体，有时长得像丝瓜，有时扁得像螃蟹，有时头脚颠倒，有时左右分裂……没有一人不哈哈大笑。里面花样繁多：有京剧场、越剧场、沪剧场、评弹场……有放电影、变戏法、转大轮盘、坐飞船、摸彩、猜谜，还有各种饮食店，还有屋顶花园。总之，应有尽有。乡下出来的人，把游戏场看作桃源仙境。我曾经进去玩过几次，但是后来不敢再去了，因为怕热手巾。这里面到处有穿着白围裙的人，手里托着一个大盘子，盘子里盛着许多绞紧的热手巾，逢人送一个，硬要他揩，揩过之后，收他一个铜板。有的人拿了这热手巾，先擤一下鼻涕，然后揩面孔，揩项颈，揩上身，然后解开裤带来揩腰部，恨不得连屁股也揩到。他尽量地利用了这一个铜板。那人收回揩过的手巾，丢在一只桶里，用热水一冲，再绞起来，盛在盘子里，再去到处分送，换取铜板。

这些热手巾里含有众人的鼻涕、眼污、唾沫和汗水，仿佛复合维生素。我努力避免热手巾，然而不行。因为到处都有，走廊里也有，屋顶花园里也有。不得已时，我就送他一个铜板，快步逃开。这热手巾使我不敢再进游戏场去。我由此联想到西湖上庄子里的茶盘：坐西湖船游玩，船家一定引导你去玩庄子。刘庄、宋庄、高庄、蒋庄、唐庄，里面楼台亭阁，各尽其美。然而你一进庄子，就有人拿茶盘来要你请坐喝茶。茶钱起码两角。如果你坐下来喝，他又端出糕果盘来，请用点心。如果你吃了他一粒花生米，就起码得送他四角。每个庄子都是如此，游客实在吃不消，如果每处吃茶，这茶钱要比船钱贵得多，于是，只得看见茶盘就逃。然而那人在后面喊："客人，茶泡好了！"你逃得快，他就在后面骂人。真是大煞风景！所以，我们游惯西湖的人，都怕进庄子去。最好是在白堤、苏堤上的长椅子上闲坐，看看湖光山色，或者到平湖秋月等处吃碗茶，倒很太平安乐。

且说上海的游戏场中，扒手和拐骗别开生面，与众不同。有一个冬天晚上，我偶然陪朋友到大世界游览，曾亲眼看到一幕：有一个场子里变戏法，许多人打着圈子观看。戏法变完，大家散开的时候，有一个人惊喊起来，原来他的花缎面子灰鼠皮袍子后面已被剪去一大块。此人身躯高大，袍子又长又宽，被剪去的一块足有二三尺见方，花缎和毛皮都很值钱。这个人屁股空荡荡地走出游戏场去，后面一片笑声送他。这景象至今还能出现在我眼前。

我的母亲从乡下来，有一天我陪她到游戏场去玩，看见有一个摸彩的摊子，前面有一长凳，我们就在凳上坐着休息一下。看见有一个人走来摸彩，出一角钱，向筒子里摸出一张牌子来："热水瓶一个。"此人就捧着一个崭新的热水瓶笑嘻嘻地走了。随后又有一个人来，也出一角钱，摸得一只搪瓷面盆，也笑嘻嘻地走了。我母亲看得眼热，也去摸彩。第一摸，一粒糖；第二摸，一块饼干；第三摸，又是一粒糖。三角钱换得了两粒糖和一块饼干，我们就走了。后来，我们兜了一个圈子，又从这摊子面前走过。我看见刚才摸得热水瓶和面盆的那两个人，正坐在里面谈笑呢。

当年的上海，外国人称之为"冒险家的乐园"，其内容可想而知。以上我所记述，真不过是皮毛的皮毛而已。我又想起了一个巧妙的骗局，用以结束我这篇记事吧：三马路广

冬日可愛
子愷畫
王

西路附近，有两家专卖梨膏的店，贴邻而居，店名都叫作“天晓得”，里面各挂着一轴大画，画着一只大乌龟。这两家店是兄弟两人所开，他们的父亲发明梨膏，说是化痰止咳的良药，销售甚广，获利颇丰。父亲死后，兄弟二人争夺这家老店，都说父亲的秘方是传授给他的。争执不休，向上海县告状，官不能断，兄弟二人就到城隍庙发誓：“谁说谎谁是乌龟！是真是假天晓得！”于是各人各开一家店，店名“天晓得”，里面各挂一幅乌龟，上海各报都登载此事，闹得远近闻名，全国各埠都来批发这梨膏。外路人到上海，一定要买两瓶梨膏回去。兄弟二人的生意兴旺，财源茂盛，都变成富翁了。这兄弟二人打官司，跪城隍庙，表面看来是仇敌，但实际上非常和睦，他们巧妙地想出这骗局来，推销他们的商品，果然大家发财。

庐山面目

“咫尺愁风雨，匡庐不可登。只疑云雾窟，犹有六朝僧。”——钱起

这位唐朝诗人教我们“不可登”，我们没有听他的话，竟在两小时内乘汽车登上了匡庐，这两小时内气候由盛夏迅速进入了深秋。上汽车的时候九十五度（华氏度），在汽车中先藏扇子，后添衣服，下汽车的时候不过七十几度（华氏度）了。赶第三招待所的汽车驶过正街闹市的时候，庐山给我的最初印象竟是桃源仙境：土地平旷，屋舍俨然；有茶馆酒楼，

百货之属；黄发垂髫，并怡然自乐。不过，他们看见了我们没有“乃大惊”，因为上山避暑休养的人很多，招待所满坑满谷，好不容易留两个房间给我们住。庐山避暑胜地，果然名不虚传。

这一天天气晴朗，凭窗远眺，但见近处古木参天，绿荫蔽日；远处岗峦起伏，白云出没。有时一带树林忽然不见，变成了一片云海；有时一片白云忽然消散，变成了许多楼台。正在凝望之间，一朵白云冉冉而来，钻进了我们的房间里。倘是幽人雅士，一定大开窗户，欢迎它进来共住，但我犹未免为俗人，连忙关窗谢客。我想，庐山真面目的不容易窥见，就因为了这些白云在那里作怪。庐山的名胜古迹很多，据说共有两百多处。但我们十天内游踪所到的地方，主要的就是小天池、花径、天桥、仙人洞、含鄱口、黄龙潭、乌龙潭等处而已。夏禹治水的时候曾经登大汉阳峰，周朝的匡俗曾经在这里隐居，晋朝的慧远法师曾经在东林寺门口种松树，王羲之曾经在归宗寺洗墨，陶渊明曾经在温泉附近的栗里村住家，李白曾经在五老峰下读书，白居易曾经在花径咏桃花，朱熹曾经在白鹿洞讲学，王阳明曾经在舍身岩散步，朱元璋和陈友谅曾经在天桥作战……古迹不可胜计。

然而凭吊也颇伤脑筋，况且我又不是诗人，这些古迹不能激发我的灵感，跑去访寻也是枉然，所以除了乘便之外，大都没有专程拜访。有时我的太太跟着孩子们去寻幽探险了，我独自高卧在海拔一千五百米的山楼上看看庐山风景照片和导游之类的书，山光照槛，云树满窗，尘嚣绝迹，凉生枕簟，倒是真正的避暑。我看到天桥的照片，游兴发动起来，有一天就跟着孩子们去寻访，爬断崖的时候，一位挂着南京大学徽章的教授告诉我："上面路很难走，老先生不必去了吧？天桥的那根石条大概已经跌落，就只是这么一个断崖。"我抬头一看，果然和照片中所见不同：照片上是两个断崖相对，右面的断崖上伸出一根大石条来，伸向左面的断崖，但是没有达到，相距数尺，仿佛一脚可以跨过似的。然而实景中并没有石条，只是相距若干丈的两个断崖，我们所登的便是左面的断崖。我想，这地方叫作天桥，大概那根石条就是桥，如今桥已经跌落了。我们在断崖上坐看云起，卧听鸟鸣，又拍了几张照片，逍遥地步行回寓。晚餐的时候，我向管理局的同志探问这座桥何时跌落，他回答我说，本来没有桥，那照片是从某角度望去所见的光景。啊，我恍然大悟了：那位南京大学教授和我谈话的地方，即离开左面的断崖数十丈的地方，我的确看到有一根不是很大的石条伸出在空中，镜头放在石条附近适当的地方，透视法就把石条和断崖之间的距离取消，拍下来的就是我所欣赏的照片。我略感不快，仿佛上了资本主义社会的商业广告的当。然而，就拍照技术而论，我不能说它虚伪，只是“太”巧妙了些。天桥这个名字也古怪，没有桥为什么叫天桥？

含鄱口左望扬子江，右瞰鄱阳湖，天下壮观，不可不看。有一天我们果然爬上了最高峰的亭子里，然而白云作怪，密密层层地遮盖了江和湖，不肯给我们看。我们在亭子里吃茶，等候了好久，白云始终不散，望下去白茫茫的，一无所见。这时候有一个人手里拿一把芭蕉扇，走进亭子来。他听见我们五个人讲土白，就和我招呼，说是同乡。原来他是湖州人，我们石门湾靠近湖州边界，语音相似。我们就用土白同他谈起天来。土白实在痛快，个个字入木三分，极细致的思想感情也能充分表达。这位湖州客也实在不俗，句句话都动听。他说他住在上海，到汉口去望儿子，归途在九江上岸，乘便

日暮客愁新
子愷

一游庐山。我问他为什么带芭蕉扇，他回答说，这东西妙用无穷：热的时候扇风，太阳大的时候遮阴，下雨的时候代伞，休息的时候当坐垫，这好比济公活佛的芭蕉扇。因此，后来我们谈起他的时候就称他为“济公活佛”。互相叙述游览经过的时候，他说他昨天上午才上山，知道正街上的馆子规定时间卖饭票，他就在十一点钟先买了饭票，然后买一瓶酒，跑到小天池，在革命烈士墓前奠了酒，游览了一番，然后拿了酒回到馆子里来吃午饭，这顿午饭吃得真开心。这番话我也听得真开心。白云只管把扬子江和鄱阳湖封锁，死不肯给我们看。时候不早，汽车在山下等候，我们只得别了济公活佛回招待所去。此后，济公活佛就变成了我们的谈话资料。姓名地址都没有问，再见的希望绝少，我们已经把他当作小说里的人物看待了。谁知天地之间事有凑巧：几天之后我们下山，在九江的浔庐餐厅吃饭的时候，济公活佛忽然又拿着芭蕉扇出现了，原来他也在九江候船返沪。我们又互相叙述别后游览经过。此公单枪匹马，深入不毛之地，所到的地方比我们多得多。我只记得他说有一次独自走到一个古塔的顶上，那里面跳出一只黄鼠狼来，他打湖州白说：“渠被吾吓

仰之彌高
雪竇山千丈巖
癸卯春子愷畫

了一吓，吾也被渠吓了一吓！”我觉得这简直是诗，不过没有押韵。宋代杨万里诗云：“意行偶到无人处，惊起山禽我亦惊。”岂不就是这种体验吗？现在有些白话诗不讲押韵，就把白话写成每句一行，一个“但”字占一行，一个“不”字也占一行，内容不知道说些什么，我真不懂。这时候我想：倘能说得像我们的济公活佛那样富有诗趣，不押韵倒也没有什么。

在九江的浔庐餐厅吃饭，似乎同在上海差不多。山上的吃饭情况就不同：我们住的第三招待所离开正街有三四里路，四周毫无供给，吃饭势必包在招待所里，价钱很便宜，饭菜也很丰富，只是听凭配给，不能点菜，而且，吃饭时间限定。原来这不是菜馆，是一个膳堂，仿佛学校的饭厅。我有四十年不过饭厅生活了，颇有返老还童之感。跑三四里路，正街上有一所菜馆。然而这菜馆也限定时间，而且供应量有限，若非趁早买票，难免枵腹游山。我们在轮船里的时候，吃饭分五六班，每班限定二十分钟，必须预先买票。膳厅里写明请勿喝酒。有一个乘客说：“吃饭是一件任务。”我想：轮船里地方小、人多，倒也难怪，山上游览之区，饮食一定便当。岂知山上的菜馆不见得比轮船里好些。我很希望下年这种办法加以改善。为什么呢，这到底是游览之区，并不是学校或学习班！人们长年劳动，难得游山玩水，游兴好的时候难免把吃饭延迟些，跑得肚饥的时候难免想吃些点心。名胜之区的饮食供应倘能满足游客的愿望，使大家能够畅游，岂不是美上加美呢？然而庐山给我的总是好感，在饮食方面也有好感：青岛啤酒开瓶的时候，白沫四散喷射，飞溅到几尺之外。我想，我在上海一向喝光明啤酒，原来青岛啤酒气足得多。回家赶快去买青岛啤酒，岂知开出来同光明啤酒一样，并无白沫飞溅。啊，原来是海拔一千五百米的气压的关系！庐山上的啤酒真好！

山中避雨

前天同了两个女孩到西湖山中游玩，天忽下雨，我们仓皇奔走，看见前方有一小庙，庙门口有三家村，其中一家是开小茶店而带卖香烛的，我们趋之如归。茶店虽小，茶也要一角钱一壶，但在这时候，即使两角钱一壶，我们也不嫌贵了。

茶越冲越淡，雨越落越大。最初因游山遇雨，觉得扫兴，这时候山中阴雨的一种寂寥而深沉的趣味牵引了我的感兴，反觉得比晴天游山趣味更好。所谓“山色空蒙雨亦奇”，我

青山不識我姓氏我亦不識青山名
飛來白鳥似相識對我對山三兩聲
子愷

于此体会了这种境界的好处。然而，两个女孩子不解这种趣味，她们坐在这小茶店里躲雨，只是怨天尤人，苦闷万状。我无法把我所体验的境界为她们说明，也不愿使她们“大人化”而体验我所感的趣味。

茶博士坐在门口拉胡琴，除雨声外，这是我们当时所闻的唯一的声音。拉的是《梅花三弄》，虽然声音不大正确，拍子拉得还不错。这好像是因为顾客稀少，他坐在门口拉这曲胡琴来代替收音机做广告的。可惜他拉了一会儿就罢，使我们所闻的只是嘈杂而冗长的雨声。为了安慰两个女孩子，我就去向茶博士借胡琴：“你的胡琴借我弄弄好不好？”他很客气地把胡琴递给我。

我借了胡琴回茶店，两个女孩很欢喜。“你会拉的？你会拉的？”我就拉给她们看。手法虽生，音阶还算拉得准。因为我小时候曾经请我家邻近的柴主人阿庆教过《梅花三弄》，又请对面弄内一个裁缝司务大汉教过胡琴上的工尺。阿庆的教法很特别，他只是拉《梅花三弄》给你听，却不教你工尺的曲谱。他拉得很熟，但他不知工尺。我对他的拉奏望洋兴叹，始终学他不来。后来知道大汉识字，就请教他。

他把小工调、正工调的音阶位置写了一张纸给我，我的胡琴拉奏由此入门。现在所以能够拉出正确的音阶者，一半由于以前略有摸 violin（小提琴）的经验，一半仍是根基于大汉的教授的。在山中小茶店里的雨窗下，我用胡琴从容地（因为快了要拉错）拉了种种西洋小曲。两女孩和着了歌唱，好像是西湖上卖唱的，引得三家村里的人都来看。一个女孩唱着《渔光曲》，要我用胡琴去和她。我和着她拉，三家村里的青年们也齐唱起来，一时把这苦雨荒山闹得十分温暖。我曾经吃过七八年音乐教师饭，曾经用 piano（钢琴）伴奏过混声四部合唱，曾经弹过 Beethoven（贝多芬）的 sonata（奏鸣曲）。但是有生以来，没有尝过今日般的音乐的趣味。两部空黄包车拉过，被我们雇定了。我付了茶钱，还了胡琴，辞别三家村的青年们，坐上车子。油布遮盖我面前，看不见雨景。我回味刚才的经验，觉得胡琴这种乐器很有意思，piano 笨重如棺材，violin 要数十百元一具，制造虽精，世间有几人能够享用呢？胡琴只要两三角钱一把，虽然音域没有 violin 之广，也尽够演奏寻常小曲。虽然音色不比 violin 优美，装配得法，其发音也还可听。这种乐器在我国民间很流行，剃头店里有之，裁缝店里有之，江北船上有之，三家村里有之。倘能多造几首简易而高尚的胡琴曲，使像《渔光曲》一般流行于民间，其艺术陶冶的效果，恐比学校的音乐课广大得多呢。我离去三家村时，村里的青年们都送我上车，表示惜别。我也觉得有些儿依依不舍。（曾经搪塞他们说："下星期再来！"其实，恐怕我此生不会再到这三家村里去吃茶且拉胡琴了。）若没有胡琴的因缘，三家村里的青年对于我这路人有何惜别之情，而我又有何不舍这些萍水相逢的人呢？古语云："乐以教和。"我做了七八年音乐教师没有实证过这句话，不料这天在这荒村中实证了。

宵夜

第三章

人间欢喜

天下如一家，人们如家庭，互相亲爱，互相帮助，
共乐其生活，那时陌路就变成家庭。

癞六伯

癞六伯是离石门湾五六里的六塔村里的一个农民。这六塔村很小，一共不过十几户人家，癞六伯是其中之一。我童年时候，看见他有五十多岁，身材瘦小，头上有许多癞疮疤，因此，人都叫他癞六伯。此人姓甚名谁，一向不传，也没有人去请教他。只知道他家中只有他一人，并无家属。既然称为“六伯”，他上面一定还有五个兄或姐，但也一向不传。

总之，癞六伯是孑然一身。

癞六伯孑然一身，自耕自食，自得其乐。他每日早上挽了一只篮子步行上街，走到木场桥边，先到我家找奶奶，也就是找我母亲。“奶奶，这几个鸡蛋是新鲜的，两支笋今天早上才掘起来，也很新鲜。”我母亲很喜欢他的东西，因为的确都很新鲜。但他不肯讨价，总说“随你给吧”。我母亲为难，叫店里的人代为定价。店里人说多少，癞六伯无不同意。但我母亲总是多给些，不肯欺负这老实人。于是癞六伯道谢而去。

他先到街上“做生意”，即卖东西，大约九点钟，就坐在对河的汤裕和酒店门前的饭桌上吃酒了。这汤裕和是一家酱园，但兼卖热酒。门前搭着一个大凉棚，凉棚底下，靠河口，设着好几张板桌。癞六伯就占据了一张，从容不迫地吃时酒。时酒，是一种白色的米酒，酒力不大，不过二十度，远非烧酒可比，价钱也很便宜，但颇能醉人。做酒的时候，酒缸底上用砒霜画一个“十”字，酒中含有极少量的砒霜，砒霜少量原是无害而有益的，它能养筋活血，使酒力遍达全身，因此这时酒颇能醉人，但也醒得很快，喝过之后一两个钟头，酒便完全醒了。农民大都爱吃时酒，就为了它价钱便宜，醉得很透，醒得很快。农民都要工作，长醉是不相宜的。

我也爱吃这种酒，后来客居杭州上海，常常从故乡买时酒来喝。因为我要写作，宜饮此酒。李太白“但愿长醉不复醒”，我不愿。

且说癞六伯喝时酒，喝到饱和程度，还了酒钱，提着篮子起身回家了。此时他头上的癞疮疤变得通红，走路有些摇摇晃晃。走到桥上，便开始骂人了。他站在桥顶上，指手画脚地骂：“皇帝万万岁，小人日日醉！”“你老子不怕！”“你算有钱？千年田地八百主！”“你老子一条裤子一根绳，皇帝看见让三分！”骂的内容大概就是这些，反复地骂十来分钟。

旁人久已看惯，不当一回事。癞六伯在桥上骂人，似乎是一种自然现象，仿佛鸡啼之类。我母亲听见了，就对陈妈妈说：“好烧饭了，癞六伯骂过了。”时间大约在十点钟光景，很准确的。

有一次，我到南沈浜亲戚家做客。下午出去散步，走过一座小桥，一只狗气势汹汹地跑过来。我大吃一惊，想拾石子来抵抗，忽然一个人从屋后走出来，把狗赶走了。一看，这人正是癞六伯，原来这里是六塔村了。这屋子便是癞六伯的家。他邀我进去坐，一面告诉我："这狗不怕。叫狗勿咬，咬狗勿叫。"我走进他家，看见环堵萧然，除一床、一桌、两条板凳、一只行灶之外，别无长物。墙上有一个搁板，堆着许多东西，碗盏、茶壶、罐头，连衣服也堆在那里。他要在行灶上烧茶给我吃，我阻止了。他就向搁板上的罐头里摸出一把花生来请我吃："乡下地方没有好东西，这花生是自己种的，燥倒还燥。"我看见墙上贴着几张花纸，即新年里买来的年画，有《马浪荡》《大闹天宫》《水没金山》等，倒很好看。他就打开后门让我欣赏他的竹园，有许多支竹，一群鸡，还种着些菜。我现在回想，癞六伯自耕自食，自得其乐，让人羡慕。但他毕竟孑然一身，孤苦伶仃，不免身世之感。他的喝酒骂人，大约是泄愤的一种方法吧。

不久，亲戚家的五阿爹来找我了。癞六伯又抓了一把花生塞在我的口袋里。我道谢告别，癞六伯送我过桥，喊走那只狗。他目送我回南沈浜。我去得很远了，他还在喊："小阿官！明天再来玩！"

歪鲈婆阿三

歪鲈婆阿三不知何许人也，亦不详其姓氏，只因他的嘴巴像鲈鱼的嘴巴，又有些歪，因以为号也。他是我家贴邻王囡囡豆腐店里的司务，每天穿着褴褛的衣服，坐在店门口包豆腐干。人们简称他为“阿三”。阿三独身无家。

那时盛行彩票，又名白鸽票，是一种大骗局。例如：印制三万张彩票，每张一元。每张分十条，每条一角。每张每条都有号码，从一到三万。把这三万张彩票分发全国通都大邑。卖完时可得三万元。于是选定一个日子，在上海某剧场当众开彩。开彩的方法，是用一个大球，摆在舞台中央，三四个人都穿紧身短衣，袖口用带扎住，表示不得作弊。然后把十个骰子放进大球的洞内，把大球摇转起来。摇了一会儿，大球里落出一只骰子来，就把这骰子上的数字公布出来。这便是头彩的号码的第一个字。台下的观众连忙看自己所买的彩票，如果第一个数字与此相符，就有一线中头彩的希望。笑声、叹声、叫声，充满了剧场。这样地表演了五次，头彩的五个数字完全出现了。五个字完全对的，是头彩，得五千元；四个字对的，是二彩，得四千元；三个字对的，是三彩，得三千元……这样付出之后，办彩票的所收的三万元，净余一半，即一万五千元。这是一个很巧妙的骗局。因为买一张的人是少数，普遍都是买一条，一角钱牺牲了也有限。这一角钱往往像白鸽一样一去不回，所以又称为“白鸽票”。

只有我们的歪鲈婆阿三，出一角钱买一条彩票，竟中了头彩。事情是这样的：发卖彩票时，我们镇上有许多商店担任代售。这些商店，大概是得到一点报酬的，我不详

莫談國事
子愷寫

悉了。这些商店门口都贴一张红纸，上写“头彩在此”四个字。有一天，歪鲈婆阿三走到一家糕饼店门口，店员对他说：“阿三！头彩在此！买一张去吧。”对面咸鲞店里的小麻子对阿三说：“阿三，我这一条让给你吧。我这一角洋钱情愿买香烟吃。”小麻子便取了阿三的一角洋钱，把一条彩票塞在他手里了。阿三将彩票夹在破毡帽的帽圈里，走了。

大年夜前几天，大家准备过年的时候，上海传来消息，白鸽票开彩了。歪鲈婆阿三的一条，正中头彩。他立刻到手了五百块大洋（那时米价每担二元半，五百元等于二百担米），变成了一个富翁。咸鲞店里的小麻子听到了这消息，用手在自己的麻脸上重重地打了三下，骂了几声：“穷鬼！”歪鲈婆阿三没有家，此时立刻有人来要他去“招亲”了。这便是镇上有名的私娼俞秀英。俞秀英年二十余岁，一张鹅蛋脸生得白嫩，常常站在门口卖俏，勾引那些游蜂浪蝶。她所接待的客人全都是有钱的公子哥儿，豆腐司务是轮不到的，但此时阿三忽然被看中了。俞秀英立刻在她家里雇起四个裁缝司务来，替阿三做花缎袍子和马褂。限定年初一要穿。四个裁缝司务日夜动工，工钱加倍。

到了年初一，歪鲈婆阿三穿了一身花缎皮袍皮褂，卷起了衣袖，在街上东来西去，大吃大喝，滥赌滥用。几个穷汉追随他，问他要钱，他一摸总是两三块银洋。有的人称他“三兄”“三先生”“三相公”，他的赏赐更丰。那天我也上街，看到这情况，回来告诉我母亲。正好豆腐店的主妇定四娘娘在我家闲谈。母亲对定四娘娘说：“把阿三脱下来的旧衣裳保存好，过几天他还是要穿的。”

果然，到了正月底边，歪鲈婆阿三又穿着原来的旧衣裳坐在店门口包豆腐干了。只是一个崭新的皮帽子还戴在头上。

把作司务钟老七衔着一支旱烟筒，对阿三笑着说：“五百元大洋！正好开家小店，讨个老婆，成家立业。现在哪里去了？这真叫作没淘剩！”阿三自管包豆腐干，如同听不见一样。我现在想想，这个人真明达！货悖而入者，亦悖而出；来路不明，去路不白。他深深地懂得这个至理。我年逾七十，阅人多矣。凡是不费劳力而得来的钱，一定不受用。要举起例子来，不知多少。歪鲈婆阿三是一个突出的例子，他可给千古的人们做借鉴。自古以来，荣华难于久居，大观园不过十年，金谷园更为短促，我们的阿三把它浓缩到一个月，对于人世可说是一声响亮的警钟，一种生动的现身说法。

穷小孩的跷跷板

有一个人写一封匿名信给我，信壳上左面但写“寄自上海法租界”。信上说：“近来在《自由谈》上，几乎每天能见到你的插画。（中略）数前天偶然看见几个穷小孩在玩。他们的玩法，我觉得能做你的画稿的材料，而且很合你向来的作风。现在特地贡献给你，以备采纳。此祝康健。一个敬佩你的读者上。七，十一。”后面又附注：“小孩的玩法——先把一条长凳放置地上。再拿一条长凳横跨在上面。这样两个小孩坐在上面一张长凳的两端，仿跷跷板的玩法，一高一低地玩着。”

这是一封“无目的”的无头信。推想这发信人是纯为画的感兴所迫而写这封信给我的。在扰扰攘攘的今世，这也可谓一件小小的异闻。

我闭了眼睛一看，觉得这匿名的通信者所发现的，确是我所爱取的画材，便乘兴背摹了一幅。这两个穷小孩凭了他们的小心的智巧，利用了这现成的材料，造成了这具体而微的运动具。在贫民窟的环境中，这可以说是一种十分优异的游戏设备了。我想象这两个穷小孩各据板凳的一端而一高一低地交互上下的时候，脸上一定充满了欢笑。因为他们是无知的幼儿，不曾梦见世间各处运动场里专为儿童置办的种种优良的幸福的设备，对于这简陋的游戏已是十分满足了。这种游戏的简陋和这两个小孩的穷苦，只有我们旁人能感到，他们自己是不知道的。

因此，我想到了世间的小孩苦。在这社会里，穷的大人固然苦，穷的小孩更苦！穷的大人苦了，自己能知道其苦，因而能设法免除其苦。穷的小孩苦了，自己还不知道，一味茫茫然地追求生的欢喜，这才是天下之至惨！

竹几一燈人做夢
子愷

闻到隔壁人家饭香，攀住了自家的冷灶头而哭着向娘要白米饭吃。看见邻家的孩子吃肉粽子，丢掉了自己手里的硬蚕豆而嚷着："也要！"老子落脱了饭碗头回家，孩子抱住了他带回来的铺盖而喊："爸爸买好东西来了！"老棉絮被投上了当铺，孩子抱住了床里新添的稻草束当洋囡囡玩。讨饭婆背上的孩子捧着他娘的髻子当皮球玩，向着怒骂的布施者嘤嘤地笑语——我们看到了这种苦况而发生同情的时候，最感伤心的不是大人的苦，而是小孩的苦。大人的苦自己知道，同情者只能分担其半；小孩的苦则自己不知道，全部要归同情者担负。那攀住自己的冷灶头而向娘要白米饭吃的孩子，以为锅子里总应有饭，完全不知道他老子种出来的米，还粮纳租早已用完，轮不着自己吃了。那丢掉了硬蚕豆而嚷着也要肉粽子的孩子，只知道肉粽子比硬蚕豆好吃，他有的吃，我也要吃，全不知道他娘做女工赚来的钱买米还不够。那抱住了老子的铺盖而喊"爸爸买好东西来了"的孩子，只知道爸爸回家总应该有好东西带来，全不知道社会已把他们全家的根一刀宰断，不久他将变成一张小枯叶了。那抱住了代棉被用的稻草束当洋囡囡玩的孩子，只觉今晚床里变得花样特别新鲜，全不想到这变化的悲哀的原因和苦痛的结果。讨饭婆子背上的孩子也只是任天而动地玩耍嬉笑，全不知道他自己的生命托根在这社会所不容纳的乞丐身上，而正在受人摈斥。看到这种受苦而不知苦的穷的小孩，真是难为情！这好比看见初离襁褓的孩子牵住了尸床上的母亲的寿衣而喊“要吃甜奶”，我们的同情之泪，为死者所流者少，而为生者所流者多。八指头陀咏小孩诗云：“骂之惟解笑，打亦不生嗔。”目前的穷人，多数好比在无辜地受骂挨打：大人们知道被骂被打的苦痛，还能呻吟、叫喊、挣扎、抵抗；小孩们却全不知道，只解嬉笑，绝不生嗔。这不是世间最凄惨的状态吗？

比较起上述的种种现状来，我们这匿名的通信者所发现的穷小孩的游戏，还算是幸福的。他们虽然没有福气入学，但幸而不需跟娘去捡煤屑，不需跟爷去捉狗屎，还有游戏的余暇。他们虽然不得享用运动场上为小孩们特制的跷跷板，但幸而还有这两只板凳，无条件地供他们当作运动具的材料。

只恐怕日子过下去，不久他的爷娘要拿两条板凳去换米吃，要带这两个孩子去捡煤屑、捉狗屎了。到那时，我这位匿名的通信者所发现，和我的所画，便成了这两个穷小孩的黄金时代的梦影。

四轩柱

我的故乡石门湾，是运河打弯的地方，又是春秋时候越国造石门的地方，故名石门湾。运河里面还有条支流，叫作后河。我家就在后河旁边。沿着运河都是商店，整天骚闹，只有男人们在活动；后河则较为清静，女人们也出场，其中有四个老太婆，最为出名，叫作四轩柱。

以我家为中心，左面两个轩柱，右面两个轩柱。先从左面说起。住在凉棚底下的一个老太婆叫作莫五娘娘。这莫五娘娘有三个儿子，大儿子叫莫福荃，在市内开一家杂货店，生活裕如。中儿子叫莫明荃，是个游民，有人说他暗中做贼，但也不曾被抓过。小儿子叫木铳阿三，是个“戆大”，不会工作，只会吃饭。莫五娘娘打木铳阿三，是一出好戏，大家要看。莫五娘娘手里拿了一根棍子，要打木铳阿三。木铳阿三逃，莫五娘娘追。快要追上了，木铳阿三忽然回头，向莫五娘娘背后逃走。莫五娘娘转身再追，木铳阿三又忽然回头，向莫五娘娘背后逃去。这样表演了三五遍，莫五娘娘吃不消了，坐在地上大哭。看的人大笑。此时木铳阿三逃之夭夭了。这个把戏，每个月总要表演一两次。有一天，我同豆腐店王囡囡坐在门口竹榻上闲谈。王囡囡说：“莫五娘娘长久不打木铳阿三了，该打了。”没有说完，果然看见木铳阿三从屋里逃出来，莫五娘娘拿了那根棍子追出来了。木铳阿三看见我们在笑，他心生一计，连忙逃过来抱住了王囡囡。我乘势逃开。莫五娘娘举起棍子来打木铳阿三，一半打在王囡囡身上。王囡囡大哭喊痛。他的祖母定四娘娘赶出来，大骂莫五娘娘：“这怪老太婆，我的孙子要你打？”就伸手去夺她手里的棒。莫五娘娘身躯肥大，周转不灵，被矫健灵活的定四娘娘一推，竟跌到了河里。木铳阿三毕竟有孝心，连忙下水

張家長李家短
子愷

去救，把娘像落汤鸡一样驮了起来，幸而是夏天，单衣薄裳的，没有受冻，只是受了些惊。莫五娘娘从此有好些时日不出门。

第二个轩柱，便是定四娘娘。她自从把莫五娘娘打落水之后，声望更高，大家见她就更怕了。她推销生意的本领最大。上午，乡下来的航船停埠的时候，定四娘娘便大声推销货物。她熟悉人头，见农民大都叫得出："张家大伯！今天的千张格外厚，多买点去。李家大伯，豆腐是新鲜的，拿十块去！"就把货塞在他们的篮里。附近另有一家豆腐店，是陈老五开的，生意远不及王囡囡豆腐店，就因为缺少像定四娘娘一样的推销员。定四娘娘对附近的人家都熟悉，常常穿门入户，进去说三话四。我家是她的贴邻，她来得更勤。我家除母亲以外，大家不爱吃肉，桌上都是素菜。而定四娘娘来的时候，大都是吃饭时候。幸而她像《红楼梦》里的凤姐一样，人没有进来，声音先听到了。我母亲听到了她的声音，立刻到橱里拿出一碗肉来，放在桌上，免得她说我们"吃得寡薄"。她一面看我们吃，一面同我母亲闲谈，告诉她各种新闻：哪里吊死了一个人；哪里新开了一爿什么店；汪宏泰的酥糖比徐宝禄的好，徐家的重四两，汪家的有四两五；哪家的姑娘同哪家的儿子定了亲，分送的茶枣讲究得很，都装锡罐头里；哪家的姑娘养了个私生子；等等。我母亲爱听她这种新闻，所以也很欢迎她。

第三个轩柱，是盆子三娘娘，她是包酒馆里永林阿四的祖母，他已死的祖父叫作盆子三阿爹，因为他的性情很坦，像盆子一样，于是他的妻子就也叫作盆子三娘娘。其实，三娘娘的性情并不坦，她很健谈，而且消息灵通，远胜于定四娘娘。定四娘娘说的消息，加的油盐酱醋较少；而盆子三娘娘的消息，加入多量的油盐酱醋，叫它变味走样。所以有人说："盆子三娘娘坐着讲，只能听一半；立着讲，一句也听不得。"她出门，看见一个人，只要是她认识的，就和他谈。她从家里出门，到街上买物，不到一二百步路，她来往要走两三个钟头。因为到处勾留，一勾留就是几十分钟。她指手画脚地说："桐家桥头的草棚着了火了，烧杀了三个人！"后来一探听，原来一个人也没有烧杀，只是一个老头子烧掉了些胡子。"河塘里一只火轮船撞沉了一只米船，几十担米全部沉在河里！"其实是米船为了避开火轮船，在石埠子上撞了一下，船头里漏了水，打湿了几包米，拿到岸上来晒。她出门买物，一路上这样地讲过去，有时竟忘记了买物，空手回家。盆子三娘娘在后河一带确是一个有名人物，但自从她家打了一次官司，她的名望更大了。

事情是这样：她有一个孙子，二十多岁，做医生的，名叫陆李王。为了要保他健康长寿，家里把他过继给含山寺里的菩萨太君娘娘，太君娘娘姓陆，后来他又被过继给另外一个人，姓李。他自己原姓王。把三个姓连起来，就叫他“陆李王”。这陆李王生得眉清目秀、皮肤雪白，有一个女子看上了他，和他私通，但陆李王早已娶妻，这私通是违法的。女子的父亲便去告官。官要逮捕陆李王。盆子三娘娘着急了，去和附近有名的沈四相公商量，送他些礼物。沈四相公就替她做证，说他们没有私通。但女的已经招认。于是县官逮捕沈四相公，把他关进“三厢堂”（秀才坐的牢监，比普通牢监舒服些）。盆子三娘娘更着急了，挽出她包酒馆里的伙计阿二来，叫他去顶替沈四相公，允许他“养杀你”。阿二上堂，被县官打了三百板子，腿打烂了，官司便结束。阿二就在这包酒馆里受供养，因为腿烂，人们叫他“烂膀阿二”。这事件轰动了全石门湾，盆子三娘娘的声望由此增大。就有人把这事编成评弹，到处演唱卖钱。我家附近有一个乞丐模样的汉子，叫作“毒头阿三”，他编得最出色，人们都爱听他唱。我还记得唱词中有几句：“陆李王的面孔白来有看头，厚底鞋子寸半头，直罗汗巾三转头……”描写盆子三娘娘去请托沈四相公，唱道：“水鸡烧肉一碗头，拍拍胸脯点点头……”全部都用“头”字，编得非常自然而动听，欧洲中世纪的游唱诗人(troubadour)，想来也不过如此吧。毒头阿三唱时，要求把大门关好，因为盆子三娘娘看到了要打他。

第四个轩柱是何三娘娘，她家住在我家的染作场隔壁，她的丈夫叫作何老三。何三娘娘生得短小精悍，喉咙又尖又响，骂起人来像怪鸟叫。她养了几只鸡，放在门口街路上，有时鸡蛋被人拾了去，她就要骂半天。有一次，她的一双弓鞋晒在门口阶沿石上，不见了。这回她骂得特别起劲儿：“穿了这双鞋子，马上要困棺材！”“偷我鞋子的人，世世代代做小娘(妓女)！”何三娘娘的骂人，远近闻名。大家听惯了，便不当一回事，说一声“何三娘娘又在骂人了”，置之不理。有一次，何三娘娘正站在阶沿石上大骂其人，何老三喝醉了从街上回来，他的身子高大，力气又大，不问青红皂白，把这瘦小的何三娘娘一把抱住，走进门去。何三娘娘的两只小脚乱抖乱撑，大骂“杀千刀！”旁人哈哈大笑。

何三娘娘常常生病，生的病总是肚子痛。这时候，何老三便上街去买一个猪头，扛在肩上，在街上走一转。看见人便说：“老太婆生病，今天谢菩萨。”谢菩萨又名拜三牲，就是买一个猪头、一条鱼、杀一只鸡，供起菩萨像来，点起香烛，请一个道士来拜祷。主人跟着道士跪拜，恭请菩萨醉饱之后快快离去，勿再同我们的何三娘娘为难。拜罢之后，须得请邻居和亲友吃“谢菩萨夜饭”。这些邻居和亲友都是送过份子的。份子者，就是钱。婚丧大事，送的叫作“人情”，有送数十元的，有送数元的，至少得送四角。至于谢菩萨，送的叫作“份子”，大都是一角或至多两角。菩萨谢过之后，主人叫人去请送份子的人家来吃夜饭。然而大多数不来吃，所以谢菩萨大有好处。何老三掮了一个猪头到街上去走一圈，目的就是要大家送份子。谢菩萨之风，在当时盛行，有人生病，郎中看不好，就谢菩萨。有好些人家，外面在吃谢菩萨夜饭，里面的病人断气了。再者，谢菩萨夜饭的猪头肉烧得半生不熟，吃的人回家去就生病，亦复不少。我家也曾谢过几次菩萨，是谁生病，记不清了。总之，要我跟着道士跪拜。我家幸而没有为谢菩萨而死人。我在这环境中，侥幸没有早死，竟能活到七十多岁，在这里写这篇随笔，也是一个奇迹。

东京某晚的事

我在东京某晚遇见一件很小的事，然而这件事我永远不能忘记，并且常常使我憧憬。

有一个夏夜，初黄昏时分，我们同住在一个“下宿”里的四五个中国人相约到神保町去散步。东京的夏夜很凉快，大家带着愉快的心情出门，穿和服的几个人更是风袂飘飘，态度十分安闲。

一面闲谈，一面踱步，踱到了十字路口的时候，忽然横路里转出一个伛偻的老太婆来。她两手搬着一块大东西，大概是铺在地上的席子，或者是纸窗的架子吧，鞠躬似的转出大路来。她和我们同走一条大路，因为走得慢，跟在我们后面。

我走在最先，忽然听得后面起了一种与我们的闲谈调子不同的日本语声音，意思却听不清楚。我回头看时，原来是老太婆在向我们队里的最后的某君讲什么话。我只看见某君对那老太婆一看，立刻回转头来，露出一颗闪亮的金牙齿，一面摇头，一面笑着说：

“Iyada，iyada！”（不高兴，不高兴！）

似乎趋避后面的什么东西，大家向前挤挨一阵，走在最先的我被他们一推，急向前跨了几步。不久，似乎已经到了安全地带，大家稍稍恢复原来的速度的时候，我方才探问刚才所发生的事情。

原来这老太婆对某君说话，是因为她搬那块大东西搬得很吃力，想我们中间哪一个帮她搬一会儿。她的话是：

“你们哪一位替我搬一搬，好不好？”

某君大概是因为带了轻松愉快的心情出来散步，实在不愿意替她搬运重物，所以回报她两个“不高兴”。然而说过之后，在她近旁徜徉，看她吃苦，心里大概又觉得过意不去，所以趋避似的快跑几步，务使吃苦的人不在自己眼睛面前。我探问情由的时候，我们已经离开那老太婆十来丈路，颜面已经看不清楚，声音也已听不到了。然而大家的脚步还是有些紧，不像初出门时那么从容安闲。虽然不说话，但各人一致的脚步，分明表示大家都有这样的感觉。

我每次回想起这件事，总觉得很有意味。我从来不曾从素不相识的路人中受到这样唐突的要求。那老太婆的话，似乎应该用在家庭里或学校里，绝不是在路上可以听到的。这是关系深切而亲爱的小团体中的人们之间所有的话，不适用于“社会”或“世界”的大团体中的所谓“陌路人”之间。这老太婆误把陌路当作家庭了。

这老太婆原是悖事的、唐突的。然而我却在想象：假如真能像这老太婆所希望，有这样的一个世界：天下如一家，人们如家族，互相亲爱，互相帮助，共乐其生活。那时陌路就变成家庭，这老太婆就并不悖事、并不唐突了。这是多么可憧憬的世界！

清明

清明例行扫墓。扫墓照理是悲哀的事，所以古人说：“鸦啼雀噪昏乔木，清明寒食谁家哭。”又说，“佳节清明桃李笑，野田荒冢只生愁。”然而在我幼时，清明扫墓是一件无上的乐事。人们借佛游春，我们是“借墓游春”。我父亲有八首《扫墓竹枝词》：

别却春风又一年，梨花似雪柳如烟。

家人预理上坟事，五日前头折纸钱。

风柔日丽艳阳天，老幼人人笑口开。
三岁玉儿娇小甚，也教抱上划船来。

双双划桨荡轻波，一路春风笑语和。
望见坟前堤岸上，松阴更比去年多。

壶榼纷陈拜跪忙，闲来坐憩树荫凉。
村姑三五来窥看，中有谁家新嫁娘。

周围堤岸视桑麻，剪去枯藤只剩花。
更有儿童知算计，松球拾得去煎茶。

荆榛坡上试跻攀，极目云烟杳霭闲。
恰得村夫遥指处，如烟如雾是含山。

纸灰扬起满林风，杯酒空浇奠已终。
却觅儿童归去也，红裳遥在菜花中。

主人醉倒不相勸
客反持杯勸主人
子愷畫

解将锦缆趁斜晖，水上蜻蜓逐队飞。

赢受一番春色足，野花载得满船归。

这里的“三岁玉儿”，就是现在执笔写此文的七十老翁。我的小名叫作“慈玉”。

清明三天，我们每天都去上坟。第一天，寒食，下午上“杨庄坟”。杨庄坟离镇五六里路，水路不通，必须步行。老幼都不去，我七八岁就参加。茂生大伯挑了一担祭品走在前面，大家跟他走，一路上采桃花、偷新蚕豆，不亦乐乎。到了坟上，大家息足，茂生大伯到附近农家去，借一只桌子和两只条凳来，于是陈设祭品，依次跪拜。拜过之后，自由玩耍。有的吃甜麦塌饼，有的吃粽子，有的拔蚕豆梗来做笛子。蚕豆梗是方形的，在上面摘几个洞，作为笛孔，然后再摘一段豌豆梗来，装在这笛的一端，笛便做成。指按笛孔，口吹豌豆梗，发音竟也悠扬可听。可惜这种笛寿命不长，拿回家里，第二天就干枯了、吹不响了。祭扫完毕，茂生大伯去还桌子、凳子，照例进两个甜麦塌饼和一串粽子，作为酬谢。然后诸人一同在夕阳中回去。杨庄坟上只有一株大松树，临着一个池塘。父亲说这叫作“美人照镜”。现在，几十年不去，不知美人是否还在照镜。闭上眼睛，情景宛在目前。

正清明那天，上“大家坟”。这就是去上同族公共的祖坟。坟共有五六处，须用两只船，整整上一天。同族共有五家，轮流做主，白天上坟，晚上吃上坟酒，这笔费用由祭田开销。祖宗们心计长，恐怕子孙不肖，上不起坟，让他们变成饿鬼，因此特置几亩祭田，租给农民。轮到谁家主持上坟，由谁家收租。雇船办酒之外，费用总有余裕，因此大家高兴做主。而小孩子尤其高兴，因为可以整天在乡下游玩、在草地上吃午饭。船里烧出来的饭菜，滋味特别好。因为据老人们说，家里有灶君菩萨，把饭菜的好滋味先尝了去；而船里没有灶君菩萨，所以船里烧出来的饭菜滋味特别好。孩子们还有一件乐事，是抢鸡蛋吃。每到一个坟上，除对祖宗的一桌祭品以外，必定还有一只小匾，内设小鱼、小肉、鸡蛋、酒和香烛，是请地主吃的，叫作拜坟墓土地。孩子们中，谁先向坟墓土地叩头，谁先抢得鸡蛋。我难得抢到，觉得这鸡蛋的确比平常的好吃。上了一天坟回来，晚上是吃上坟酒。酒有四五桌，因为出嫁姑娘也都来吃。吃酒时，长辈总要训斥小辈，被训斥的，主要是乐谦、乐生和月生。因为乐谦盗卖坟树，乐生、月生为非作歹，上坟往往不到而吃上坟酒必到。

第三天上私房坟。我家的私房坟，又称为旗杆坟，去上的就是我们一家人。吃了早中饭，雇一只客船，慢吞吞地荡去。水路五六里，不久就到。祭扫期间，附近三竺庵里的和尚来问讯，送我们些春笋。我们也到这庵里去玩，看见竹林很大，身入其中，不见天日。我们终年住在那市井尘嚣中的低小狭窄的百年老屋里，一朝来到乡村田野，感觉异常新鲜，心情特别快适，好似遨游五湖四海。因此我们把清明扫墓当作无上的乐事。我的父亲孜孜兀兀地在穷乡僻壤的篷门败屋之中度过短促的一生，我想起了就感到无限的同情。

肉腿

清晨六点钟，寒暑表的水银已经爬上九十二度（华氏度）。我臂上挂着一件今年未曾穿过的夏布长衫，手里提着行囊，在朝阳照着的河埠上下船，船就沿着运河向火车站开驶。

这船是我自已雇的，船里备着的茶壶、茶杯、西瓜、薄荷糕、蒲扇和凉枕，都是自己家里拿下来的，同以前出门写生的时候一样。但我这回下了船，心情非常不快：一是天气很热，前几天清晨八十九度（华氏度），正午升到九十九度（华氏度）。今天清晨就九十二度（华氏度），正午定然超过百

兼母之父
子愷畫

度（华氏度），况且又在逼近太阳的船棚底下。加之打开行囊就看见一册《论语》，它的封面题着李笠翁的话，说道：“人应该在秋、冬、春三季中做事而以夏季中休息。”这话好像在那里讥笑我。二则，这一天我为了必要的人事而出门，不比以前开“写生画船”的悠闲。那时正是暮春天气，我雇定一只船，把自己需用的书籍、器物、衣服、被褥放进船室中，自己坐卧其间。听凭船主人摇到哪个市镇靠夜，便上岸去自由写生，大有“听其所止而休焉”的气概。这回下船时形式依旧，意义却完全不同。这一次，我不是随便到哪里去写生，我是坐了这船去赶十一点钟的火车。上回坐船出于自动，这回坐船出于被动，这念头便在我胸中作起怪来，似乎觉得船室里的事物件件都不称心了。然而船窗外的特殊的景象，却引起了我的注意。

从石门湾到崇德之间，十八里运河的两岸，密接地排列着无数的水车。无数仅穿着一条短裤的农人，正在那里踏水。我的船在其间行进，好像阅兵式里的将军。船主人说，前天有人数过，两岸的水车共计七百五十六架，连日大晴大热，今天水车架数恐又增加了。我设想从天中望下来，这一段运河大约像一条蜈蚣，数百只脚都在那里动。我下船的时候心情的郁郁，到这时候忽然变成了惊奇。这是天地间的一种伟观，这是人与自然的剧战。火一般的太阳赫赫地照着，猛烈地在那里吸收地面上所有的水；浅浅的河水懒洋洋地躺着，被太阳越晒越浅。两岸数千百个踏水的人，尽量地使用两腿的力量，在那里同太阳争夺这一些水。太阳升得越高，他们踏得越快，“洛洛洛洛——”响个不绝。后来终于戛然停止，人都疲乏而休息了。然而太阳似乎并不疲倦，不需休息，在静肃的时候，炎威更加猛烈了。

听船人说，水车的架数不止这一些，运河的里面还有着不少。继续两三个月的大热大旱，田里、浜里、小河里，都已干燥见底，只有这条运河里还有些水。但所有的水很浅，大桥的磐石已经露出二三尺；河埠石下面的桩木也露出一二尺，洗衣汲水的人，蹲在河埠最下面一块石头上也撩不着水，须得走到河床的边上来浣汲。我的船在河的中道独行，尚无阻碍；逢到和来船交手过的时候，船底常常触着河底，轧轧地作声。然而农人为田禾求水，舍此以外更没有其他的源泉。他们在运河边上架水车，把水从运河踏到小河里；再在小河

勝利之夜
日本投降后十日子愷畫

边上架水车，把水从小河踏到浜里；再在浜上架水车，把水从浜里踏进田里。所以运河两岸的里面，还藏着不少的水车。“洛洛洛洛——”之声因远近而分强弱数种，互相呼应着。这点水仿佛某种公款，经过许多人之手，送到国库时所剩已无几了。又好比某种公文，由上司行到下司，费时很久，费力很多。因为河水很浅，水车必须竖得很直，方才吸得着水。我在船中目测那些水车与水平面所成的角度，都在四十五度以上，河岸特别高的地方，竟达五六十度。不曾踏过或见过水车的读者，也可想象：这角度越大，水爬上来时所经的斜面越峭，即水的分量越重，踏时所费的力量越多。这水仿佛是从井里吊起来似的。所以踏这等水车，每架起码三个人。而且一个水口上所设水车不止一架。

故村里所有的人家，除老弱以外，都得出来踏水。根本没有种田就逢大旱的人家，或所种的禾稻已经枯死的人家，也非出来参加踏水不可，不参加的犯众怒，有性命之忧。这次的工作非为“自利”，因为有多人早已没有田了；又说不上“利他”，因为踏进去的水被太阳蒸发还不够，无暇去滋润半枯的禾稻的根了。这次显然是人与自然的剧烈抗争。不抗争而活是羞耻的，不抗争而死是怯弱的；抗争而活是光荣的，抗争而死也是甘心的。农人对于这个道理，嘴上虽然不说，心里很明白，眼前的悲壮的光景便是其实证。有的水车上，连妇人、老太婆、十一二岁的小孩子都在那里帮工。“嘡、嘡、嘡”，锣声响处，一齐戛然停止。有的到阴处坐着喘息；有人向桑树拳头（桑树拳头，指桑树上抽新枝处）上除下篮子来取吃食，篮子里有的是蚕豆。他们破晓吃了粥，带了一篮蚕豆出来踏水，饥时以蚕豆充饥，一直踏到夜半方始回去睡觉。只有少数的“富有”之家的篮子里，盛着冷饭。“嘡、嘡、嘡”，锣声响处，大家又爬上水车，“洛洛洛洛——”地踏起来。无数赤裸裸的肉腿并排着，合着一致的拍子而交互动作，演成一种带模样。我的心情由不快变成惊奇，由惊奇而又变成一种不快。以前为了我的旅行太苦痛而不快，如今为了我的旅行太舒服而不快。我的船棚下的热度似乎忽然降低了；小桌上的食物似乎忽然太精美了；我的出门的使命似乎忽然太轻松了。直到我舍船登岸，通过了奢华的二等车厢而坐到我的三等车厢里的时候，这种不快方才渐渐解除。唯有那活动的肉腿，保留印象在我的脑际。这印象如何？住在都会的繁华世界里的人最容易想象，他们这几天晚上不是常在舞场里、银幕上看见舞女的肉腿的活动的带模样吗？踏水的农人的肉体的带模样正和这相似，不过线条较硬些，色彩较黑些。近来农人踏水每天到夜半方休。舞场里、银幕上的肉腿忙着活动的时候，正是运河岸上的肉腿忙着活动的时候。

带点笑容

请照相馆里的人照相，他将要开镜头的时候，往往要命令你：“带点笑容！”

爱好美术的朋友×君最嫌恶这一点，因此永不请教照相馆。但他不能永不需要照相，因此不惜巨价自己购置一副照相机。然而他的生活太忙，他的技术太拙，学了好久照相，难得有几张成功的作品。为了某种需要，他终于不得不上照相馆去。我预料有一幕滑稽剧要开演了，果然：

×君站在镜头面前，照相者贡献他一个摩登花样的矮柱，好像一只茶几，教他左手搁在这矮柱上，右手叉腰，说道：“这样写意！”×君眉头一皱，双手拒绝他，说：“这个不要，我只要这样站着好了！”他心中已经大约动了三分怒气。照相者扫兴地收回了矮柱，退回镜头边来，对他一相，又走上前去劝告他：“稍微偏向一点儿，不要立正！”×君不动。照相者大概以为他听不懂，伸手捉住他的两肩，用力一旋，好像雕刻家弄他的塑像似的，把×君的身体向外旋转约二十度。他的两手一放，×君的身体好像有弹簧的，立刻回复原状。二人意见将要发生冲突，我从中出来调解：“偏一点儿也好，不过不必偏得这样多。”×君听了我的话，把身体旋转了约十度。但我知道他心中的怒气已经动了五六分了。

照相者的头在黑布底下钻了好久，走到×君身边，先用两手整理他的衣襟，拉他的衣袖，又蹲下去搬动他的两脚。最后立起身来用两手的中指点住他的颞颥，转动他的头颅；用左手的食指点住他的后脑，教他把头俯下；又用右手的食指点住他的下巴，教他把头仰起。×君的怒气大约已经增至八九分。他不耐烦地嚷起来：“好了，好了！快些给我照吧！”我也从旁帮着说：“不必太仔细，随便给他照一个，自然一点倒好看。”照相者说着“好，好”。走回镜旁，再相了一番，伸手搭住镜头，对×君喊：“眼睛看着这里！带点儿笑容！”看见×君不奉行他的第二条命令，又重申一遍，“带点笑容！”×君的怒气终于增到了十分，破口大骂起来：“什么叫作带点笑容！我又不是来卖笑的！混账！我不照了！”他两手一挥，红着脸孔走出了立脚点，皱着眉头对我苦笑。照相者就同他相骂起来：

“什么？我要你照得好看，你反说我混账！”

“你懂得什么好看不好看？混账东西！”

“我要同你评评道理看！你板着脸孔，我请你带点笑容，这不是好意？到茶店里评道理我也不怕！”

“我不受你的好意。这是我的照相，我欢喜怎样便怎样，不要你管！”

“照得好看不好看，和我们照相馆名誉有关，我不得不管！”

听到了这句话，×君的怒气增到十二分：“放屁！你也会巧立名目来拘束别人的自由……”二人几乎动武了。我上

前劝解，拉了愤愤不平的×君走出照相馆。一出滑稽剧于是闭幕。

我陪着×君走出照相馆时，心中也非常疑怪。为什么照相一定要“带点笑容”呢？回头向他们的样子窗里一瞥，这疑怪开始消解，原来他们所摄的照相，都作演剧式的姿态，没有一幅是自然的。女的都带些花旦的姿态，男的都带些小生、老生，甚至丑角的姿态。美术上所谓自然的pose（姿势），在照相馆里很难找到。人物肖像上所谓妥帖的构图，在这些样子窗里尤无其例。推想到这些照相馆里来请求照相的人，大都不讲什么自然的pose，与妥帖的构图。女的但求自己的姿态可爱，教她装个俏眼儿也不吝惜；男的但求自己的神气活现，命令他“带点笑容”当然愿意的了。我们的×君戴了美术的眼镜，抱了造像的希望，到这种地方去找求自然的pose与妥帖的构图，犹如缘木求鱼，当然是要失望的。

但是这幕滑稽剧的演出，其原因不仅在于美术与非美术的冲突上，还有更深的原因隐伏在×君的胸中。他是一个不善逢迎、不苟言笑的人。他这种性格，今天就在那个照相馆中的镜头前面现形出来。他的反抗照相者的命令，其意识中仿佛在说："我不愿做一切违背衷心的非义的言行！我不欲强作笑颜来逢迎任何人！我的脸孔天生成这样！这是我之所以为我！"故在他看来，照相者劝他"带点笑容"，仿佛是强迫他变志、失节、装出笑颜来谄媚世人，在他是认为奇耻大辱的。然而照相馆里的人哪能顾到这一点？他的劝人"带点笑容"，确是出于"好意"。因为他们营商的人，大都以多数顾客的要求为要求，以多数顾客的好恶为好恶，他们自己对于照相根本没有什么要求，也没有什么好恶。故×君若有所愤怒，也不必对他们发，应该发在多数的顾客身上。因为多数顾客喜欢在镜头面前做娇态、装神气，因此养成了这样的照相店员。

我并不主张照相时应该板脸孔，也不一定嫌恶装笑脸的照相。但觉照相者强迫镜头前的人"带点笑容"，是可笑，可耻，又可悲的事。因此我不得不由此想象：现今的世间，像×君的人极少，而与×君性格相反的人极多。那么真如×君出照相馆时所说："现今的世间，要进照相馆也不得不'带点笑容'了！"

二十五年夏日作，曾载《宇宙风》

做客者言

有一位天性直率的青年，赴亲友家做客，归家的晚上，垂头丧气地跑进我的房间来，躺在藤床上，不动亦不语。看他的样子很疲劳，好像做了一天苦工而归来似的。我便和他问答：

“你今天去做客，喝醉了酒吗？”

“不，我不喝酒，一滴儿也不喝。”

“那么为什么这般颓丧？”

“因为受了主人的异常优待和礼遇。”

我惊奇地笑道："怪了！做客而受主人优待，应该舒服且高兴，怎的反而这般颓丧？倒好像被打翻了似的。"

他苦笑地答道："我宁愿被打一顿，但愿以后不再受这种优待。"我知道他正在等候我去打开他的话匣子来。便放下笔，推开桌上的稿纸，把坐着的椅子转个方向，正对着他。点起一支烟来，津津有味地探问他：

"你受了怎样异常优礼的招待？来！讲点给我听听看！"

他抬起头来看看我桌上的稿件，说："你不是忙写稿吗？我的话说来长呢！"

我说："不，我准备一黄昏听你谈话。并且设法慰劳你今天受优待的辛苦呢。"

他笑了，从藤床上坐起身来，向茶盘里端起一杯菊花茶来喝了一口，慢慢地、一五一十地把这一天赴亲友家做客而受异常优待和礼遇的经过情说给我听。

以下所记录的便是他的话：

我走进一个幽暗的厅堂，四周阒然无人。我故意把脚步走响些，又咳嗽几声，里面仍然没有人出来，外面的厢房里倒走进一个人来。这是一个工人，好像是管门的人。他两眼盯住我，问我有什么事。我说访问某先生。他说：“片子！”我是没有名片的，回答他说：“我没有带名片，我姓某名某，某先生是知道我的，烦你去通报吧。”他向我上下打量了一会儿，说一声“你等一等”，怀疑似的进去了。

我立着等了一会儿，望见主人缓步地从里面的廊下走出来。走到望得见我的时候，他的缓步忽然改为趋步，拱起双手，口中高呼：“劳驾，劳驾！”一步紧一步地向我赶过来，其势急不可挡，我几乎被吓退了。因为我想，假如他口中所喊的不是“劳驾，劳驾”而换了“捉牢，捉牢”，这光景定是疑心我是窃了他家厅上的宣德香炉而赶出来提我去送公安局。幸而他赶到我身边，并不提牢我，只是连连地拱手、弯腰，几乎要拜倒在地。我也只得模仿他拱手、弯腰，弯到几乎拜倒在地，作为相当的答礼。

大家弯好了腰，主人摊开了左手，对着我说：“请坐，请坐！”他的摊开的左手所照着的，是一排八仙椅子。每两只椅子夹着一只茶几，好像城头上的一排女墙。我选择最外面的一只椅子坐了。一则贪图近便。二则他家厅上光线幽暗，除了这最外面的一只椅子看得清楚以外，里面的椅子都埋在黑暗中，看不清楚；我看见最外边的椅子颇有些灰尘，恐怕里面的椅子或有更多的灰尘与龌龊，将污损我的新制的淡青灰哔叽长衫的屁股部分，弄得好像被摩登破坏团射了镪水一般。三则我是从外面来的客人，像老鼠钻洞一般地闯进人家屋里深暗的内部去坐，似乎不配。四则最外面的椅子的外边，地上放着一只痰盂，丢香烟头时也是一种方便。我选定了这个好位置，便在主人的“请，请，请”声中捷足先登地坐下了。但是主人表示反对，一定要我“上坐”。请上坐者，就是要我坐到里面的或许有更多的灰尘与龌龊，而近旁没有痰盂的椅子上去。我把屁股深深地埋进我所选定的椅子里，表示不肯让位。他便用力拖我的臂，一定要夺我的位置。我终于被他赶走了，而我所选定的位置就被他自己占据了。

当此夺位置的时间，我们二人在厅上发出一片相骂似的声音，演出一种打架似的举动。我无暇察看我的新位置上有否灰尘或龌龊，且以客人的身份，也不好意思俯下头去仔细察看椅子的干净与否。我不顾一切地坐下了。然而坐下之后，很不舒服。我疑心椅子板上有什么东西，一动也不敢动。我想，这椅子至少同外面的椅子一样地颇有些灰尘，我是拿我的新制的淡青灰哔叽长衫来给他揩抹了两只椅子。想少沾些龌龊，我只得使个劲儿，将屁股摆稳在椅子板上，绝不转动摩擦。宁可费些气力扭转腰来对主人谈话。

正在谈话的时候，我觉得屁股上冷冰冰起来。我脸上强装笑容一因为这正是“应该”笑的时候——心里却在叫苦。我想用手去摸摸看，但又逡巡不敢，恐怕再污了我的手。我做种种猜想，想象这是梁上挂下来的一只蜘蛛，被我坐扁，内脏都流出来了。又想象这是一朵鼻涕，一朵带血的痰。我浑身难过起来，不敢用手去摸。后来终于偷偷地伸手去摸了。指尖触着冷冰冰的、湿湿的一团，偷偷摸出来一看，色彩很复杂，有白的，有黑的，有淡黄的，有蓝的，混在一起，好像五色的牙膏。我不辨这是何物，偷偷地丢在椅子旁边的地上了。但心里疑虑得很，料想我的新制的淡青灰哔叽长衫上一定染上一块五色了。但主人并未觉察我的心事，他正在滥用各种的笑声，把他近来的得意事件讲给我听。我念着屁股底下的东西，想皱眉头，然而不好意思用颦蹙之颜来听他的得意事件，只得强颜作笑。我感到这种笑很费力，硬把嘴巴两旁的筋肉吊起来，久后非常酸痛。须得乘个空隙用手将脸上的筋肉用力揉一揉，然后再装笑脸听他讲。其实我没有仔细听他所讲的话，因为我听了很久，已能料知他的下文了。我只是顺口答应着，而把眼睛偷看环境中，凭空地研究我屁股底下的究竟是什么东西。我看见他家梁上筑着燕巢，燕子飞进飞出，遗弃一朵粪在地上，其颜色正同我屁股底下的东西相似。我才知道，我新制的淡青灰哔叽长衫上已经沾染一朵燕子粪了。

外面走进来一群穿长衫的人，他们是主人的亲友和邻居，主人因为我是远客，特地邀他们来陪我。大部分的人是我所未认识的，主人便立起身来为我介绍。他的左手臂伸直，好像一把刀。他用这把刀把新来的一群人一个一个地切开来，同时口中说着：

“这位是某某先生，这位是某某君……”等到他说完的时候，我已把各人的姓名统统忘却了。因为当他介绍时，我只管在那里看他那把刀的切法，不曾用心听着。我觉得很奇怪，为什么介绍客人姓名时不用食指来点，必用刀一般的手来切？又觉得很妙，为什么用食指来点似乎侮慢，而用刀一般的手来切似乎客气得多？这也许有造型美术上的根据：

五指并伸的手，样子比单伸一根食指的手美丽、和平、恭敬得多。这是合掌礼的一半。合掌是作个揖，这是作半个揖，当然客气得多。反之，单伸一根食指的手，是指示路径的牌子上或“小便在此”的牌子上所画的手。若用以指客人，就像把客人当作小便所，侮慢太甚了！我当时忙着这样的感想，又叹佩我们的主人的礼貌，竟把他所告诉我的客人的姓名统统忘记了。但觉姓都是百家姓所载的，名字中有好几个“生”字和“卿”字。

主人请许多客人围住一张八仙桌坐定了。这回我不自选座位，一任主人发落，结果被派定坐在左边，独占一面。桌上已放着四只盆子，内中两盆是糕饼，一盆是瓜子，一盆是樱桃。

仆人送到一盘茶，主人立起身来，把盘内的茶一一端送客人。客人受茶时，有的立起身来，伸手遮住茶杯，口中连称“得罪，得罪”。有的用中央三个指头在桌子边上敲击：“嗒，嗒，嗒，嗒”口中连称“叩头，叩头”。其意仿佛是用手代表自己的身体，把桌子当作地面，而伏在那里叩头。我是第一个受茶的客人，我点一点头，应了一声。与别人的礼貌森严比较之下，自觉太过傲慢了。我感觉自己的态度颇不适合于这个环境，局促不安起来。第二次主人给我添茶的时候，我便略略改变态度，也伸手挡住茶杯。我以为这举动可以表示两种意思，一种是“够了，够了”的意思，还有一种是用此手作半个揖道谢的意思，所以可取。但不幸技巧拙劣，把手遮隔了主人的视线，在幽暗的厅堂里，两方大家不易看见杯中的茶。他只管把茶注下来，直到泛滥在桌子上，滴到我的新制的淡青灰哔叽长衫上，我方才觉察，动手拦阻。于是找抹桌布，揩拭衣服，弄得手忙脚乱。主人特别关念我的衣服，表示十分抱歉的样子，要亲自给我揩拭。我心中很懊恼，但脸上只得强装笑容，连说“不要紧，没有什么”，其实是“有什么”的！我的新制的淡青灰哔叽长衫上又染上了芭蕉扇大的一块茶渍！

主人以这事件为前车，以后添茶时逢到伸手遮住茶杯的客人，便用开诚布公似的语调说：“不要客气，大家老实来得好！”客人都会意，便改用指头敲击桌子：“嗒，嗒，嗒，嗒。”这办法的确较好，除了不妨碍视线的好处外，又是有声有色，郑重得多。况且手的样子活像一个小形的人：中指像头，食指和无名指像手，大指和小指像足，手掌像身躯，口称“叩头”而用中指“嗒，嗒，嗒，嗒”地敲击起来，俨然是“五体投地”而“捣蒜”一般叩头的模样。

主人分送香烟，座中吸烟的人，连主人共有五六人，我也在内。主人划一根自来火，先给我的香烟点火。自来火在我眼前烧得正猛，匆促之间我真想不出谦让的方法来，便应了一声，把香烟凑上去点着了。主人忙把已经烧了三分之一的自来火给坐在我右面的客人的香烟点火。这客人正在咬瓜子，便伸手推主人的臂，口里连叫“自来，自来”。“自来”者，并非“自来火”的略语，是表示谦让，请主人“自”己先“来”（就是点香烟）的意思。主人坚不肯“自来”，口中连喊“请，请，请”，定要隔着一张八仙桌，拿着已剩二分之一弱的火柴杆来给这客人点香烟。我坐在两人中间，眼看那根不知趣的火柴杆越烧越短，而两人的交涉尽不解决，心中替他们异常着急。主人又似乎不大懂得燃烧的物理，一味把火头向下，因此火柴杆烧得很快。幸而那客人不久就表示屈服，丢去正咬的瓜子，手忙脚乱

孤雲
子愷畫

地向茶杯旁边捡起他那支香烟，站起来，弯下身子，就火上去吸。这时候主人手中的火柴杆只剩三分之一弱，火头离开他的指爪只有一粒瓜子的地位了。

出乎我意料的，是主人还要撮着这一粒火柴杆，去给第三个客人点香烟。第三个客人似乎也没有防到这一点，不曾预先取烟在手。他看见主人有“燃指之急”，特地不取香烟，摇手喊道：“我自来，我自来。”主人依然强硬，不肯让他自来。这第三个客人的香烟的点火，终于像救火一般惶急万状地成就了。他在匆忙之中带翻了一只茶杯，幸而杯中盛茶不多，不曾再度地泛滥。我屏息静观，几乎发呆了，到这时候才抽一口气。主人把拿自来火的手指用力地搓了几搓，再划起一根自来火来，为第四个客人的香烟点火。在这事件中，我顾怜主人的手指烫痛，又同情于客人的举动的仓皇。觉得这种主客真难做：吸烟，原是一件悠闲畅适的事，但在这里变成救火一般惶急万状了。

这一天，我和别的几位客人在主人家里吃一餐饭，据我统计，席上一共闹了三回事：第一次闹事，是为了争座位。所争的是朝里的位置。这位置的确最好：别的三面都是两人坐一面的，朝里可以独坐一面；别的位置都很幽暗，朝里的位置最亮。且在我更有可取之点，我患着畏光的眼疾，不耐对着光源久坐，最喜欢背光而坐。我最初看中这好位置，曾经一度占据；但主人立刻将我一把拖开，拖到左边的里面的位置上，硬把我的身体装进椅子里去。这位置最黑暗，又很狭窄，但我只得忍受。因为我知道这座位叫作“东北角”，是最大的客位；而今天我是远客，别的客人都是主人请来陪我的。主人把我驱逐到“东北”之后，又和别的客人大闹一场：坐下去，拖起来；装进去，逃出来；约莫闹了五分钟，方才坐定。“请，请，请，”大家“请酒”“用菜”。

第二次闹事，是为了灌酒。主人好像是开着义务酿造厂的，多多益善地劝客人饮酒。他有时用强迫的手段，有时用欺诈的手段。客人中有的把酒杯藏到桌子底下，有的拿了酒杯逃开去。结果有一人被他灌醉，伏在痰盂上呕吐了。主人一面照料他，一面劝别人再饮。好像已经“做脱”了一人，希望再麻翻几个似的。我幸而以不喝酒著名，当时以茶代酒，没有卷入这风潮的旋涡中，没有被麻翻的恐慌。但久作壁上观，也觉得厌倦了，便首先要求吃饭。后来别的客人也都吃饭了。

第三次闹事，便是为了吃饭问题。但这与现今世间到处闹着的吃饭问题性质完全相反。这是一方强迫对方吃饭，而对方不肯吃。起初两方各提出理由来互相辩论；后来是夺饭碗一方硬要给他添饭，对方绝不肯再添；或者一方硬要他吃一满碗，对方定要减少半碗。粒粒皆辛苦的珍珠一般的白米，在这社会里全然失却其价值，几乎变成狗子也不要吃的东西了。我没有吃酒，肚子饿着，照常吃两碗半饭。在这里可说是最肯负责吃饭的人，没有受主人责备。因此我对于他们的争执，依旧可作壁上观。我觉得这争执状态真是珍奇，尤其是在到处闹着没饭吃的中国社会里，形成强烈的对比。可惜这种状态的出现，只限于我们这主人的客厅上，又只限于这一餐的时间。若得因今天的提倡与励行而普遍于全人类，永远地流行，我们这主人定将在世界到处的城市被设立生祠，死后还要在世界到处的城市中被设立铜像呢。我又因此想起了以前在你这里看见过的日本人描写乌托邦的几幅漫画：在那漫画的世界里，金银和钞票是过多而没有人要的，到处被弃掷在垃圾桶里。清道夫满满地装了一车子钞票，推到海边去烧毁。半路里还有人开了后门，捧出一畚箕金镑来，硬要倒进他的垃圾车中去，却被清道夫拒绝了。马路边的水门汀上站着的乞丐，都提着一大筐子的钞票，在那里哀求苦告地分送给行人，行人个个远而避之。我看今天座上为拒绝吃饭而起争执的主人和客人们，足有列入那种漫画人物中的资格。请他们侨居到乌托邦去，再好没有了。

我负责地吃了两碗半白米饭，虽然没有受主人责备，但把胃吃坏、积滞了。因为我是席上第一个吃饭的人，主人命一仆人站在我身旁，伺候添饭。这仆人大概受过主人的训练，伺候异常忠实：当我吃到半碗饭的时候，他就开始鞠躬如也地立在我近旁，监督我的一举一动，注视我的饭碗，静候我吃完。等到我吃剩三分之一的时候，他站立更近，督视更严，他的手跃跃欲试地想来夺我的饭碗。在这样的监督之下，我吃饭不得不快。吃到还剩两三口的时候，他的手早已搭在我的饭碗边上，我只得两三口并作一口地吞食了，让他把饭碗夺去。这样急急忙忙地装进了两碗半白米饭，我的胃就积滞，隐隐地作痛，连茶也喝不下去。但又说不出来。忍痛坐了一会儿，又勉强装了几次笑颜，才得告辞。我坐船回到家中，已是上灯时分，胃的积滞还没有消，吃不进夜饭。跑到药房里去买些苏打片来代夜饭吃了，便倒身在床上。直到黄昏，胃里稍觉松动些，就勉强起身，跑到你这里来抽一口气。但是我的身体、四肢还是很疲劳，连脸上的筋肉，也因为装了一天的笑，酸痛得很呢。我但愿以后不再受人这种优礼的招待！

他说罢，又躺在藤床上了。我把香烟和火柴送到他手里，对他说："好，待我把你所讲的一番话记录出来。倘能卖得稿费，去买许多饼干、牛奶、巧克力和枇杷来给你开慰劳会吧。"

小感

前天晚上，女儿一吟因久咳忽然吐血，吐了半痰盂。邻居贾医生给她打止血针并服药，吐血停止了。然而第二天下午又吐起来，又是半痰盂。贾医生不在家。连忙叫救护车送广慈医院急诊室。把病人交给了医生，我透一口大气。开救护车的同志来向我收车费，票子上写着一元二角。我惊诧地叫出："这样便宜？！"他随口回答道："急诊应该便宜。"

这寥寥六个字的答语，引起了我无限地感动、兴奋和庆喜。我想：在新中国成立前黑暗时代的上海这万恶社会里，急诊正是趁火打劫的好机会，“急诊应该敲竹杠！”在八年前，我做梦也想不到会从开汽车的人口中听到随便说出的“急诊应该便宜”这六个字！短短八年间的教养，已经使得这位开车子的同志体会了新社会的道德，所以他能够随便地、不做作地说出这六个字来。在医生替一吟治疗的期间，我心中的兴奋和庆喜驱散了我两天来的操心和忧虑。我确信她的病就会痊愈。

止血后，我走到病床旁边，把这感想告诉病人，她苍白的脸上现出微笑。我相信这精神的安慰可以帮助治病，她一定可以起床来参加国庆。

新的欢喜

我住居上海，前后共有三十多年了。往日常常感到上海生活特点之一，是出门无相识，街上成千成万的都是陌路人。如果遇见一个相识的人，当作一件怪事。这和乡间完全相反：在乡间，例如我在故乡石门湾，出门遇见的个个是熟人。倘有一张陌生面孔，一定被十目所视，大家研究这个外来人是谁。

我虽然有时爱好上海生活，取其行动很自由，不必同人打招呼，衣冠不整也无妨，正如曼殊所云：“芒鞋破钵无人识，踏过樱花第几桥。”然而常常嫌恶上海生活，觉得太冷酷，有“茫茫人海，藐藐孤舟”之感。

然而这是往日的情况。近几年来，上海与我的关系变更了。出门常常遇见认识我的人，和我谈话，甚至变成朋友。有种种事实为证：

有一次我坐三轮车，那驾车人在路上问我：“贵姓？”我说：“姓丰。”他说：“这个姓很少。我所知道的只有一个老画家丰子恺。”我问他：“你何以知道丰子恺？”他说：“我常在报上看到他的画。”我向他说穿了，他就在途中买册子要我画，又和我交换通信地址，变成了朋友。我曾经特写一篇短文，叙述此事。

有一次我上剃头店，那理发师对我看看说：“老先生的相貌很像画家丰子恺呢。”我问他何以认识丰子恺，他说常在报纸杂志上看到我的照片。我也就说穿了，他很惊奇，仿佛以为我是不该剃头的。从此我们就成了相识。

有一次我自己上邮局寄挂号信，挂号信上必须写明发信人姓名。那邮局职员见了，便告诉邻桌的人，一传二，二传三，弄得柜台里面所有的职员都看我，有的还和我谈话。我去寄信，仿佛去访问朋友。有一次我上咖啡馆吃冰淇淋。几个穿白制服的服务员聚在一角里向我指点窥探，低声议论。我觉得很奇怪。后来一个服务员走过来问我："你是不是丰子恺老先生？"我承认了。他就得意扬扬地向他的同事们说："我说是，果然没认错！我在报纸上看见过相片的。"以后我就常到这店里去吃东西，有人相识，就觉温暖，仿佛在家里吃。

再举一例吧：有一次我带了一个孩子到附近食品店买糖果，照例有一个店员因报纸上的照片而认识了我。他的一个同事不认识我，他便怪他："你不看报吗？"这一天我多买了些糖果，摸出钱包来一看，钞票不够付了，便要求他减少些货物，因为钱带得不多，下次再来买。这店员说："不妨不妨，下次补付吧。"我觉得不好意思。另一人说："我们替你送去，向家中取款吧。"我觉得好，便把门牌号码告诉他。我带了孩子又在别处走走，回家时东西早已送到了。

好了，不该再啰唆了。总之，近年来上海与我的关系变更了。我住在这七百万人口的大都市里，仿佛住在故乡石门

春日游杏花吹滿頭
子愷

莫言千里白雲好
下有人間萬里悲